U0931383

爱上阅读·中小学生晨读精品选

高长梅　许高英　主编

# 开口的豆丁

郑金明　郑无非　著

九州出版社 JIUZHOUPRESS | 全国百佳图书出版单位

**图书在版编目(CIP)数据**

开口的豆丁 / 郑金明, 郑无非 著. -- 北京 : 九州出版社, 2014.3(2021.7 重印)

(爱上阅读 : 中小学生晨读精品选 / 高长梅, 许高英主编)

ISBN 978-7-5108-2754-9

Ⅰ. ①开… Ⅱ. ①郑… ②郑… Ⅲ. ①长篇小说 - 中国 - 当代 Ⅳ. ①I247.5

中国版本图书馆CIP数据核字(2014)第041942号

**开口的豆丁**

---

作　　者　郑金明　郑无非　著
出版发行　九州出版社
地　　址　北京市西城区阜外大街甲35号(100037)
发行电话　(010)68992190/3/5/6
网　　址　www.jiuzhoupress.com
电子信箱　jiuzhou@jiuzhoupress.com
印　　刷　北京一鑫印务有限责任公司
开　　本　720毫米×1000毫米　16开
印　　张　9
字　　数　150千字
版　　次　2014年5月第1版
印　　次　2021年7月第6次印刷
书　　号　ISBN 978-7-5108-2754-9
定　　价　36.00元

---

# 阅读随想（代序）

爱上阅读。阅读能使我们进一步获取智慧，获取解决问题的方法与能力。

微信中，有一篇叫《读书的十大好处》的文章流传颇广。它概括的所谓十大好处独树一帜：1. 养静气，去躁气；2. 养雅气，去俗气；3. 养才气，去迂气；4. 养朝气，去暮气；5. 养锐气，去惰气；6. 养大气，去小气；7. 养正气，去邪气；8. 养胆气，去怯气；9. 养和气，去霸气；10. 养运气，去晦气。

微信中，还有一篇文章也被大量转发，叫《读书是最好的美容》。文章认为，"人通过读书，在幽幽书香潜移默化的熏陶下，浊俗可以变为清雅，奢华可以变为淡泊，促狭可以变为开阔，偏激可以变为平和"。的确，打开书，便打开了一扇面对世界的窗口，你读天，无际的长天予你灵性；你读地，宽厚的大地赠你理性。打开书，便打开了一面审视生命的镜子，那扑面而来的真善美令人陶醉。

还是微信中的一篇文章，叫《通过阅读解决自己的困惑》。文章认为，阅读不能仅仅是小清新、轻口味、品时尚的浅阅读，有时还得"重口味"。阅读即要脚踏实地，要观看现实，了解人类文化的百态，知识的种种。但是只看"大地"那是不够的，还需要仰望星空，还要读读诸如《论语》、

《庄子》之类的书,以加深我们对人性的理解且不丧失对智慧的信心。

再引用著名作家王蒙先生 2013 年 9 月发表在《人民日报》上的《“攻读”的日子哪里去了》中的一段话:离开了阅读,只有浏览与便捷舒适的扫描,以微博代替书籍,以段子代替文章,以传播代替学识,以表演代替讲解,将会逐渐使人们精神懒惰,习惯于平面地、肤浅地接受数量巨大、获得廉价、包含着大量垃圾赝品毒素的所谓信息,丧失研读能力、切磋能力、求真求深的使命与勇气,以至连讨论追究的习惯也不见了,苦思冥想的能力与乐趣也没有了,连智力游戏的水准也降到幼儿级别以下了。这样下去,我们会空心化、浅薄化与白痴化,我们的宝贵的头脑的皱褶将渐渐平滑,我们的“灵”的思辨思维功能将渐渐萎缩,而我们的大脑将只剩下海量获得八卦式的信息然后平面地记忆下来、转销出去的“肉”的能力。

杨绛说得更好:读书正是为了遇见更好的自己。读书到了最后,是为了让我们更宽容地去理解这个世界有多复杂。

爱上阅读。阅读提升我们的素养,阅读最终将改变我们的人生。

# 目录

contents

## PART 1
## 洗澡娃娃



## PART 2
## 瑞士军刀

## PART 3
## 小狗点点

PART 4

## 人蚁之战

>>>>>> PART 1

# 洗澡娃娃

等我睡着了，妈妈从衣柜里拿出洗澡娃娃说，洗澡娃娃我给放在柜子里了，儿子咋说给叶如镜了呢。爸爸说谁知道呢，不过明天不带洗澡娃娃去学校，儿子就能像正常的孩子一样上课了。

# 洗澡娃娃

我有一只像大人手掌那么大的娃娃，我坐在一个红色大塑料盆里洗澡的时候，它也跟着洗，我跟老爸去大澡堂子里洗澡的时候也非得带着它，我给他起名叫洗澡娃娃。妈妈说洗澡堂子里的水恶心死了，把你的娃娃染上病毒，到处传染。我举着洗澡娃娃说这可是洗澡娃娃，又不是真人，它喝那么多水也淹不死，它要不去我也不去。老爸最烦带我去洗澡，就说要不就在家洗吧。老妈就大吵老爸，天天懒死了，这么冷的天在家里洗，不洗成感冒才怪。于是我就带洗澡娃娃去大浴池洗一回热水澡，回家后妈妈再把洗澡娃娃放在水龙头下洗一回凉水澡。洗澡娃娃最经得起折腾，我有一大纸箱破烂玩具，都让我玩得七零八落，就洗澡娃娃没事。我姑姑刚跟姑父结婚时，姑父讨好我，给我一个他存放十年，会叫的蟋蟀盒，他给我前一秒钟蟋蟀还会叫，我一打开，还没动手捏，蟋蟀就吓死了，不会叫了。姑父估计是弹簧断了，还说我是神手，只配玩洗澡娃娃。

我上学时也带洗澡娃娃。把小洗洗装到书包里，书包就显得很鼓，隔壁小臭他妈瞅见就说，小蹦蹦豆儿，背这么多的书，肯定爱学习。我爸可精，发现洗澡娃娃在书包里，假装成没事人一样，跟小臭他妈嬉皮笑脸，默认了我爱学习。可等到放学把我接回家，就露出真面目，把洗澡娃娃从书包里掏出来一下就扔到沙发上，我扑过去抢救时，洗澡娃娃就从沙发的缝里掉在地上，沾了一头灰。我妈就给洗澡娃娃又洗了一回凉水澡，用一只粉红色的小夹子挂在阳台上的晾衣绳上，等我再放一次学，洗澡娃娃就丢了。

我家的阳台是一个非常神秘的地方。我用铁笼子养了一只尖嘴巴的刺猬，小刺猬不挑食儿，像一只贪吃的小肥猪，给它捉小虫子它吃，给它炖肉片儿也吃，给它红烧鱼也吃，给它青菜叶儿也吃，我还教它拼拼音，它看上去挺高兴，表面上过着幸福的生活，其实跟我爸一样爱假装。它逃跑时，就是顶开压在铁笼子盖子上面的大砖头，不见了。我爸说它跳楼自杀了，但是我到楼下找了一圈也没找到小刺猬。

洗澡娃娃也是在晾衣绳子上挂得好好的不见了。我家住在五楼，下面一楼住着一个白头发的老奶奶，这个老奶奶天天坐在一楼的小院子里晒太阳，在我两岁时，把一个铁炉子的盖儿从阳台铁栏杆下塞出来，铁盖飞落而下，把老奶奶手里的一个杯子打碎了，老奶奶的儿子是一个秃顶，拿着摔出一个豁口的铁盖找到我爸，我爸大惊失色，问是不是我扔下去的，我迷迷糊糊地说不出来话。秃顶拿着铁盖子就像一个捡着金盖子的地主，我爸就像一个点头哈腰说好话的长工。秃顶听完好听话儿气就消了，可还是把我的铁盖子没收了，我哭泣着追着他要，他说这不能玩，再扔下去他妈非让我消灭了不可。

洗澡娃娃肯定是被风刮到楼下了。我下楼时天已经黑了，楼后面的小院子黑洞洞的，满院子都是荒草和烂花盆，这个时候我有点害怕，心脏像一只小鹿似的乱蹦。我爸在楼上望着我喊，找到了没有？听他的话音有点儿幸灾乐祸，我没理他。这时候我的脚踝让什么东西扎了一下，我一瞧是小刺猬，它把一楼的门拱开钻进去了，我追进去捉它时，它不见了。一楼没人，屋里很暗，只见一缕光从前厅射来，走近一看，前厅挖了个地洞，小刺猬肯定是钻到洞里啦，我钻了进去，看见一楼的老奶奶在洞里喝水。老奶奶说你这个小孩把我的绿茶杯打碎了，现在我用白瓷杯你看看好不好。我根本没见过老奶奶的绿茶杯是什么样，不知道绿茶杯和白瓷杯有什么不同，就说老奶奶你见到洗澡娃娃了没有，她说见到了，不过洗澡娃娃被太阳晒昏了，正在给它输液。

洗澡娃娃在医院里的白床单上躺着，护士来给它扎针。我一看护士是我的同桌叶如镜。叶如镜长得美如天仙，我刚跟她同桌时心中窃喜，认为遇到了一个又活泼又心眼好的女生，谁知在她美貌下藏着母豹子般的恶毒，是一个实打实的暴力女生。她最大的爱好就是没事找事，我下课屁股刚离开板凳，她就把腿跷在凳上不让我坐，我要是胆敢动一下她的腿，她就会蹦起来拧住我的两只耳朵把我的头摇得像大海里的小船；我要是坐着不动地方，她疯跑回班就把双手抱成喇叭，在我耳朵上尖叫："起来！" 我看到叶如镜心里面很怵，就用像蚊子那么细的声音说，你不在家里写作业，怎么在这里当医生了，洗澡娃娃的病好了没有。叶如镜也用像蚊子那么细的声音说这里是玩具治疗中心，我在这里工作已经快一年了，从来都没写过作业呀。我上去摸摸叶如镜的头，说你没发烧吧。叶如镜说什么发烧不发烧的，我的理想就是要当一名白衣天使。说着，她抱起洗澡娃娃说小宝贝，别哭噢，姐姐打针一点也不痛。扎上针，她坐在洗澡娃娃床头，小声地唱"月亮在白莲花般的云朵里穿行"。

这时老奶奶走过来说，叶如镜以前非常暴力，是因为在她鼻孔里藏着一只蜗牛，现在这只蜗牛爬出来了，叶如镜就变得像妈妈一样温柔了。

我从老奶奶手里拿过蜗牛一看，这只蜗牛是金黄色的，像妈妈的耳坠。我说我以前又爱哭，又胆小，让这只蜗牛爬到我鼻子里吧，我想当一个勇敢的男子汉。老奶奶说可以呀，不过你得拿洗澡娃娃来换小蜗牛。叶如镜是女的，她玩娃娃，你是男的，应该勇敢。我感到勇敢虽然很好，但舍不得洗澡娃娃，就说先让叶如镜保管着洗澡娃娃，我过几天不想勇敢了，再用小蜗牛把洗澡娃娃换回来。老奶奶笑呵呵地说，行呀，啥时候换都行，你把小蜗牛放在鼻孔里回家吧。

我带着金黄色的小蜗牛回家了。以前在漆黑的楼洞里上楼梯，老以为身后有一个黑影来抓我，往往飞跑着回家。今天我非常镇定地慢慢走回家。爸爸问我，洗澡娃娃找着了吗？我说找着了，不过先让叶如镜保管着，过几天再要回来，说完我就写家庭作业，写完就上床睡觉了。

等我睡着了，妈妈从衣柜里拿出洗澡娃娃说，洗澡娃娃我给放在柜子里了，儿子咋说给叶如镜了呢。爸爸说谁知道呢，不过明天不带洗澡娃娃去学校，儿子就能像正常的孩子一样上课了。

## 煎饼果子

学校门口有一个阿姨卖煎饼果子，有一个老奶奶卖玉米棒和红糖梨。

这天班主任吕老师宣布了一条纪律，就是谁也不能到学校门口买东西吃，因为省教委派了人到市里面检查，市里面派了人到学校检查，学校也派了两名体育老师、六名值日生在学校门口检查，假如谁胆敢违反纪律吃一个煎饼果子，学校“鹿”校长就要向教育局马局长低头认罪，马局长就要向省里面不知道姓什么的局长低头认罪。“鹿”校长低头认罪以后就扣吃零食同学所在班里很多很多的分。

吕老师最害怕的一件事就是学校扣我们班的分。吕老师其实比我们还在乎分，经常拿我们班和学校的超级快班（1）班比，可惜他心比天高命比纸薄，净干些不着调的事儿。难道说他不晓得一个学校里只有一个超级快班，不可能出现超超级快班吗？吕老师比的结果就是输输输，他就很惭愧，好像在校长面前变成了差老师。他跟我们说求求你们，别让学校扣咱们班的分，因为学校扣班里的分以后，那些分就变成钱了，而且是他的钱，他的钱让学校扣了以后，他会非常生气。吕老师说他非常生气的时候总是笑容可掬的，他说我不会生气的时候嘴唇就会抖动，所以说你听到吕老师说我不会生气的时候一定不要当真,听吕老师说非常生气的时候也不要当真。

鲁笛子就不把吕老师的话当真。鲁笛子和鲁笛子的舅舅是哥们儿,鲁笛子的舅舅和吕老师是哥们儿,所以鲁笛子和吕老师也是哥们儿。鲁笛子说吕老师在他舅舅家喝酒时喝不过舅舅,非要赖皮一杯酒,因为舅舅的一杯酒让舅妈喝了,但是舅妈就是不喝吕老师的酒,因为她想喝的时候舅舅拦住她不让她喝,平常舅舅对舅妈的话言听计从,可在酒桌上舅舅的话就是圣旨。吕老师不想吃亏,就让鲁笛子替他喝了一杯,结果吕老师和鲁笛子都喝醉了。鲁笛子喝醉了以后就发明了一套醉拳,表演的时候一不小心把垃圾篓踢翻了,他自己也摔了个大跟头。吕老师晃晃悠悠地把鲁笛子扶起来,热泪盈眶地说,鲁笛子同学在关键的时候能够舍己救人,品质很好,而且发明了醉拳,明天就让他当体育班长。不过吕老师酒醒了以后就把什么都忘了,鲁笛子问他要班长,他揉了揉眼睛很惊讶地说,你肥嘟嘟的,能当体育班长?说酒桌上的话当不得真。这让我长大后也很想当老师,老师的话咋说咋有理。

上体育课的时候大家都在打篮球,鲁笛子自己蹲在花池子的边上不和我们玩。鲁笛子长着一个大胖脸,但是眉毛和眼睛往脸的中间凑合,像一只肥滚滚的小狐狸。现在他蹲在花池子边上,盯着花池子里的一丛小粉花,眼珠子乱转,像一只想把花吃到肚子里的饿狐狸。

鲁笛子像狐狸一样狡猾。

他的爸爸在我们城市里吹笛子是第一名。他爸想让鲁笛子跟他学吹笛子,鲁笛子不想吹笛子,他想当歌星,可是他爸不让他当歌星,就让他学吹笛子。鲁笛子就悄悄在他爸的笛子里塞了一团纸,结果他爸怎么吹也吹不响。他爸鼓起腮帮子,使劲吹,不像是吹笛,像是在吹喷呐,他爸吹不响,就使劲甩笛子,他爸就爱甩笛子,因为笛子吹了一会儿,里面就有可多口水,可是他爸甩了半天,也没把口水甩出来,就眯着眼睛朝笛子里面看。等他爸眯着眼睛朝笛子里面看的时候,鲁笛子就躲到门后面,跟他爸玩藏猫猫。他爸就揪着他的脖子把他捉出来,刚吹了几下,鲁笛子就偷偷把笛子第二个眼儿上贴的笛膜抠破,等他爸再贴一片的时候,鲁笛子就钻到他家的床下面不出来。鲁笛子他家的床可低,他爸钻不进去,把胳膊全伸进去也够不着,就教训不成鲁笛子了。

我悄悄地过去,冲着鲁笛子的耳朵大喊了一声,把鲁笛子吓了一大跳,差一点从花池上掉下来。鲁笛子眼珠一转,就用手捂着肚子直哎哟,说我把他吓得肚子疼,这是他的老把戏了,我才不上当呢。

我转身要走,鲁笛子拉着我不让走,说他饿了,饿得肚子疼,恨不得揪几朵月季花吃吃。我说那就吃一朵吧,花闻起来很香,肯定可好吃。鲁笛子揪了一片尝尝,马上就吐出来了,说不好吃,我也揪了一小片尝尝,咽到肚子里,有点苦,一点也不香。

鲁笛子说饿死了,顾不得那么多了,非得去买一个煎饼果子吃不可。鲁笛子干什么事都可狡猾,买煎饼果子非得拉上我。他说一个人挨批评可害怕,可是两个人一块儿挨批评就不很害怕,要是一大堆人一块儿挨批评就更不害怕。

我虽然也有点饿,但还没饿到肚子疼的地步,就不想去。鲁笛子就叹了一口气,说小妖,跟你实话实说吧,我不是真的想吃煎饼果子,是想干一件有意义的好人好事。原来,学校门口卖煎饼果子的阿姨是鲁笛子爸爸徒弟的妈妈,姓宋,跟他是邻居。这位宋阿姨的丈夫原来和鲁笛子的爸爸是剧团里的同事,鲁笛子的爸爸在剧团里吹笛子,宋阿姨的丈夫在剧团里翻跟头,有一天他翻一个很高的跟头时把脖子摔骨折了,就不能动弹了。

鲁笛子说宋阿姨家里穷死了,要是学校不让同学们买她的煎饼果子,她家里面就没有活路了。鲁笛子正蹲在花池子旁边思考宋阿姨要是不卖煎饼果子靠什么生活的事呢。宋阿姨要是卖不成煎饼果子,很有可能牵着她儿子的手流落街头以卖唱为生,因为她儿子是鲁笛子他爸的徒弟,鲁笛子他爸教不成鲁笛子,就收宋阿姨的儿子当徒弟,宋阿姨儿子吹笛子的水平得到了专家,也就是鲁笛子他爸的认可。

我觉得宋阿姨的儿子很了不起,我也想当她的儿子。我爸爸躺在一个铺满软绵绵稻草的破三轮车上，嘴角流着很多口水，我妈捧着一个收钱的大碗，几绺头发散乱地遮住半个脸，我在大街上吹一支悠扬动听的曲子，一曲终了，掌声雷动，钱像雨点一样飞来。我没法上学了，虽然我像高玉宝一样非常想读书，可是为了爸爸和妈妈，我坚决不读书，我们可以去少林寺学武艺，去北京逛北海公园，去南京雨花台捡好看的石头，想去哪儿旅游，就往哪儿卖艺，云游天下，四海为家。

鲁笛子说小妖你帮我想个办法吧，求求你了。我只好从裤兜掏出来一枚一元硬币，说他们在什么地方卖唱，我把钱给他们。鲁笛子说拜托，不是想卖唱的办法，是想吃到煎饼果子的办法。

要想吃到煎饼果子就得出校门，我们学校只有一个校门，学校的围墙都变成了楼群，总不能为吃个煎饼果子跳楼吧。我说老鲁你看，电影里面日本鬼子守住城门，八路军的侦察员出城的时候要不是化装，要不是开个汽车飞快地跑出来，后面敌人打很多枪也打不着人，咱俩干脆直接从大门口出来妥了。

我俩从学校大门出来的时候，传达室的老头不晓得去干什么了，竟然没人问，等我们一人拿一个煎饼果子正在吃的时候，有一个人看着我们吃，一抬头，原来是体育老师跟踪追击，他一只手揪着我的脖领，一只手揪着鲁笛子的脖领，把我们押到了一间放体育器材的办公室。

“学校刚宣布了纪律，你们就明知故犯，现在就记你们的名字，一会儿去找你们的班主任。”

我说我一点也不饿，出去买煎饼果子主要是为了做一件有意义的好人好事。等我把宋阿姨的情况向体育老师讲一遍以后，体育老师的眼角湿润了，说我俩的品质不错，就是有一个问题，请鲁笛子同学回答。鲁笛子的家离学校有五站地，宋阿姨不会每天推着煎饼车走一小时吧，再说这个卖煎饼果子的姓李，根本就不姓宋呀。

鲁笛子哈哈大笑，有一些煎饼果子的末末从鼻孔里溅出来，他拧拧鼻子说，我想吃煎饼果子，骗小妖的，宋阿姨不在我们学校门口，是在中心医院门口卖煎饼果子呢。

体育老师给我们一人倒了一杯水，说快点吃，别让其他人看见，就关上办公室的门出去了。鲁笛子说，快点吃，别让其他人看见。我说体育老师会不会向班主任告状，鲁笛子说，屁，他是我舅舅。

## 我是小妖

我叫梅超群，长得有点像梅兰芳，就是比梅兰芳瘦点。

在幼儿园时我奶参加了一个老年京剧协会，天天在家里练兰花指，还教我练兰花指。我在腮边比一个兰花指，然后动一动眼珠，拖长声音喊——小姐，然后他们就哈哈大笑，我爷就把我扔到天花板上再接住，每次都把我奶吓成血压高。

后来我自我修炼成了武林高手，兰花指就成了一种武器。当我和王飞人扭在一起，再分开，我就向空气里踢一个飞脚，然后用兰花指向他一指，嘴里喊一声，皮勾儿，在电视里紧接着这个动作，就是比梅超风九阴白骨爪还厉害的气功大爆炸，中招的人往往被炸得飞向半空，然后重重地摔在水里或者掉下万丈深渊。但是王飞人一点也不配合，往往傻不拉唧地飞跑，然后我只好追着他跑，一点也不惊险。

由于我动不动就在说话的时候动用兰花指，王飞人就给我起了个外号叫小妖。王飞人是起外号的专家，动不动就给人家起外号，他起的很多外号，大家喊几天就不喊了，就是小妖的外号一直有人喊，我最讨厌人家叫我小妖,我越是反对,班里的人就叫得越厉害。

我当小妖还有一个原因,就是我会法术,我一会法术,运气就特别好。

有一天,该着我值日,值日生的任务除了扫地,就是擦黑板。下了数学课,我正要去擦黑板,王飞人朝我头上打一下就跑了。王飞人为什么要打我头一下呢,就是因为我刚理了头发,谁要是理了头发,就得让人在头上打一下,说是理新头,该报税。

我不想理头发,我觉得头发长长的很好看,尤其是前面的头发应该搭在眉毛上,为啥女的比男的好看,就是女的头发长长的,头发搭在眉毛上。我的一个表哥就留长头发,我姨妈让他理,他也不理,我姥一看见他就说他的头发。大人们说他头发的事都上瘾了,一般就是吃完饭不离开饭桌,把碗收拾了,顾不得洗,就迫不及待地说我哥的头发。

我最爱听的话就是让大人说我的事,我一听大人说我哥,就烦,一烦,就想在墙上画小人,或者往桌子下面钻。而且是光明正大地当着大人的面往墙上画小人,当着大人的面往桌子下面钻。于是他们就大吃一惊,飞快地跑过来拉住我,说乖乖不得了,可不敢往墙上画呀,或者说乖呀,往桌子下面钻,可不敢把头碰着呀。

他们一注意我,我就很高兴。

他们一注意我,我哥也很高兴。他趁机拉着我说,别淘了,别淘了,走,我领你去踢足球。我姥她们也很高兴,说快快快,领着你弟去玩吧。

我哥就假装领着我去玩。他跟他的同学踢足球根本就不带我,只让我站在旁边看他们踢。我冲过去抢球,我哥就把我拖回去,说你这个小蹦蹦豆,别跟着捣蛋,现在可不是在家里,有人宝贝你,你就乖乖地站着看,听见了没有。

我只好一个人站在足球场边上看。我哥带着球飞快跑,长发飘飘,像狮子一样勇猛,好帅呀。站不到一分钟,我的腿就痒痒,忍不住又冲上前。我哥盘着球,晃过了两个人,刚想射门,我就跑到他面前,他怕一脚把我的下巴壳踢掉,不好向姥姥交代,只好朝地上踢了一脚,把一丛草踢到了半空。这样我就得逞了，我虽然踢不好，但是会抱着球不撒手。我想把球抱到一个没人的地方自己玩，可是他们都不同意，我抱着球还没跑几步，就让人逮住。虽然我把球压在身子下面，也没用，他们的劲太大了，把我抱起来扔到一边，就继续比赛。

小气鬼，喝凉水，我不跟你们玩了。我冲着他们发表声明，但是他们都不理我，我只好一个人挖沙土，我挖了一个陷阱，气哼哼地把他们的矿泉水都倒到陷阱里了，可是没有陷住一个人。

我也想学我哥，也想留长头发。

可我妈非让我理短头发，而且非得理像茶壶盖一样的小平头，我说人家都把头发留下来一小撮，盖在眉毛上。我妈就拧我脸蛋一下，说别臭美了，马上命令理发员把我的头发理成最短，都快理成和尚了。

理成和尚头最扎眼了，谁都想在和尚的光头上摸一把。

王飞人打我一下，像没事人一样，眼睛望着天，手背在后面慢慢走，我看见他后脑勺上还长着一只眼睛，冲我眨巴。他想让我追他，我不追，他不跑，我一追，他马上就像马儿一样撒腿就跑。我虽然知道王飞人的阴谋诡计，可就是管不住自己，马上就追，王飞人立刻跑没影。

等我和王飞人疯回来，上课铃响了。

吕不凡正看着没擦的黑板在发愣。

我赶紧冲上去擦黑板，一不小心踩着吕老师的脚，头一下撞在讲桌上，讲桌的内部是空着的，就像一个鼓，能发出很大的声音。吕老师赶紧把我抱在讲桌上，我就和他一般高，他给我揉了揉头，吹了一口仙气，说没事没事，没有起包，回座位吧。

我说老师，我还没擦黑板呢，要是不擦黑板就是对老师的不尊敬。吕老师说，算啦，我自己来吧。看看人家梅超群同学，又懂事，又知道尊敬老师，回座位吧。

我顾不得头可疼，喜滋滋地回到座位上。

王飞人很不服气，说小妖真是个小妖，很可能会迷魂大法，别人不擦黑板就挨批评,小妖忘记擦黑板却受表扬,肯定会妖法。

我想我肯定不是一般的人,肯定是个神仙,也不知道是个什么神仙,要是孙悟空就好了。王飞人再跑,我追不上的时候,就使用“定身法”,等上课铃响了,王飞人回班的时候,大喝一声“定”,王飞人就定在教室那儿不能动,我也不给他解开,等吕老师回来,说王飞人,你站着干什么,快回座位。王飞人动不了,也说不出来话,非得等吕老师揪着他的耳朵把他摁在座位上,我再给他解除魔法。

有一天,我爸给我买了一辆粉色的自行车,前梁粗粗的,线条很流畅,我认为很漂亮,欢天喜地骑到学校。周小雨说弟弟这个是女式车,我骑上特别好看,你骑着怪里怪气的,不如你骑我的这辆破车,咱俩换吧。周小雨的新车刚刚被盗,她爸给她从旧车市场上买了一辆二手车,可怜的周小雨虽然是俺班里的大美女,每天要骑一辆晃晃荡荡的破车上学。别人要换我的宝车我肯定不愿意,但是周小雨从二年级开始就自封是我姐,天天给我吃好东西,我只好很不情愿地同意了。周小雨乐得很,骑上我的小粉车在操场上遛了一大圈,又还给我了,说逗你玩呢。我的同桌叶如镜看我跟周小雨亲亲热热,心里就不得劲。叶如镜说不愧是小妖他爸,买的自行车也是女式的,该不会是个老妖吧。

我爸就得了个外号叫老妖。

说我是小妖就够生气了,说我爸是老妖,更让人气上加气。我一生气回班就在叶如镜的语文书上画了个大叉,叶如镜就把我的语文书摔到地上,还踩了三脚。然后我就把叶如镜只值一元钱的水笔摔得写不出字,然后叶如镜就哭了。叶如镜就会哭,每次都是她沾光了还哭,我知道她表面在哭心里面在偷偷地乐。我对她说有啥可高兴的,要不咱俩换换,你把我的笔摔一下让你爸当老妖。她就说我爸才不是老妖,你爸是老妖,你把我的笔摔坏了,你赔你赔。我说你给我爸起外号,你沾光了还让我赔,就不赔就不赔。

叶如镜的好朋友很多,每次叶如镜一哭,她们就来说我,每次叶如镜跟我打架都沾光,每次都让我给她赔不是。我们班的学习委员林青跟叶如镜最要好，林青长得精精巧巧，眼睛亮亮的，鼻子鼓鼓的，说话柔情似水，林青的话我最愿意听。她说别闹了别闹了，你就给她说一声对不起吧。我只好说对不起。然后叶如镜还哭。吕老师快进教室了，我恨不得一脚踢她个不出声，就说过对不起了还哭，你说我爸是老妖也得说对不起。林青说她是女的不能说对不起。然后劝叶如镜不哭，越劝叶如镜越哭。本来她是装哭的，装得狠了就变成真哭了。林青就分析叶如镜的心思，说要不然让他赔你一杆笔行了吧。我急着要了结此案，就掏出两块钱说，赔你两杆笔好啦。叶如镜就哭得发疯说不行不行，我就要原来的笔。林青就说要不就让你叫他小妖，他不能反对行了吧。叶如镜点头说行。

我知道林青也想管我叫小妖，全班的男男女女都想管我叫小妖，一管我叫小妖，他们就变成头上长三只眼，能降妖捉怪的二郎神，大喝一声小妖呀小妖，哪里逃，心里就感到很威风，很舒坦，看来我不满足他们的愿望是不行的了，只好认命当小妖。

放学后，我批评我爸说谁让你买粉色自行车的，你就不能买蓝色或者是黑色的，你不知道男生骑黑色的自行车才酷，现在我当上小妖，你当老妖，好受了吧。谁知我爸说，有本事的人才能有外号，比如，水泊梁山的好汉都有外号，我就不怕谁喊我老妖。我说人家的外号多酷，像九纹龙、黑旋风啥的，谁也没人叫小妖。我爸说现在是中国围棋总教头，原来是天下围棋第一高手的马晓春，外号就叫妖刀。我说人家叫妖刀多酷，咋没有人喊我妖刀呢。我要是有一把有魔力的宝刀，往天上一飞，那刀舞得水泼不进，密不透风，百万军中取上将首级犹如探囊取物，把我班里的一大堆狗男女吓得纷纷跪在地上磕头如捣蒜。我对叶如镜说，小叶子。她说喳，奴才在。我说谁叫小妖呀。叶如镜说我叫小妖，我叫小妖，大王饶命。

我正在进行甜蜜的思考，我爸让我去吃鸡蛋卤捞面条。

看来我只好认命当小妖了。

# 磕掉牙

任小贝自封为任我行，是我们班里的一个大高手。

任小贝练过整整一年的跆拳道。任小贝的师傅是全市散打冠军，任小贝的第一个绝招是会旋风腿，他的腿能踢着别人的头。任小贝的拳头很硬，像石头一样硬，他的第二个绝招就是对拳，谁要是不服劲就跟人家对拳。对拳就是他伸出拳头，让你用拳头往他的拳头上砸，把你顶得龇牙咧嘴，捂着手直哎哟，任小贝绝不叫唤，虽然拳头也发红，但是他还说再来再来，别人只好说算了算了。

任小贝更让人佩服的事是他胳膊上有一大块疤，这块疤非常的亮，是他小时候把一碗热粥倒上去的结果。任小贝的大疤使他成为一个江湖好汉，他当江湖好汉最爱干的事就是“劫道”，站在教室门口双手撑住门框守住大门，他让谁进谁就进，不让谁进谁就不能进。

我们班里只有三个人可以任意通行。

第一个是薛立。薛立是我们班个子最高的，薛立要进教室任小贝就不敢拦着。有一次任小贝和薛立在厕所里比武，争夺班里武林第一高手的位置。任小贝的武艺比较适合在操场上练，因为他的轻功比较好，跟人比武时这边蹦蹦，那边蹦蹦，把人家弄迷糊了，他再趁机踹人家一脚。可是在厕所里比武，任小贝就不敢胡乱蹦，因为厕所到处都是大便池，就像日本鬼子进入了地雷阵，一不小心就会踩入陷阱，任小贝的第一个绝招旋风腿只好放弃不用。

任小贝不想在厕所里比武，但是不行。按照我们学校流传下来的规定，正式比武必须要在厕所里比，在别在地方比武，就是胡乱比，得不到大家伙的认可。任小贝的旋风腿使用不上，就像是剑侠没有宝剑一样，厉害劲就少了一半，在别在地方可以自称任我行，在厕所里面就只好改名叫“任你行”。任小贝只好把希望寄托在第二个绝招拳头硬上面。他往自己攥紧的拳眼里哈了两口气，刚要摆姿势，不承想薛立的个高，胳膊长，任小贝的铁拳还没有发挥出作用，薛立揪住任小贝的胳膊来回晃，就把任小贝摔在地上。任小贝的一只手伸到大便池前面的小通道里，弄了一手黏糊糊的尿垢，还粘上了一只白乎乎的胖蛆，吓得任小贝大声尖叫着冲向水龙头，只好乖乖地管薛立叫大哥。

第二个人就是班长周小雨。周小雨当班长不是靠吕老师提拔，而是吕老师的前任崔老师任命的，周小雨从上一年级的时候就是班长，周小雨要是向任小贝一瞪眼，任小贝就打哆嗦，一点反抗的想法都不敢有。

第三个人就是我。我之所以能够任意通行，是因为我是任小贝的师弟。在我们班，周小雨愿意当我姐，任小贝愿意当我哥。在我还不知道任小贝的武术老师长啥样的情况下，就成为任小贝的师弟，也就顺理成章地成为王飞人的师叔。

王飞人长得又瘦又小，外号叫蹦蹦猴。他拜任小贝为师，任小贝让王飞人管他喊师父，管我喊师叔。王飞人说凭啥让小妖当我师叔，任小贝说小妖是我师弟，你必须管他叫师叔，要不就不教你武艺，王飞人只好管我叫师叔。后来任小贝就发通行证，谁有通行证就让进，没有通行证就不让进。任小贝的通行证就是把自己的作文本撕成条条，用红笔画个方格，用黑水笔写上通行证三个字，就 over 了。为了得到任小贝的通行证，大家一开始都要向任小贝讨好，后来任小贝向薛立讨好，给薛立签发了一张有三种颜色的精装版通行证，薛立看都没看就撕了，结果大家都把求到手的通行证撕了。结果任小贝只好又制作了大量的通行证，让徒弟王飞人发给大家，大家不要，王飞人只好说可怜可怜要一张吧，后来我和鲁笛子也帮王飞人发通行证，说可怜可怜要一张通行证吧，可怜可怜要一张通行证吧。后来全班同学都拿着通行证相互交换着说，通行证大减价了，大减价了，可怜可怜要一张通行证吧。

我们以前的英语老师可好啦，上课不讲英语光讲笑话，我们想说话就说话，想看漫画书就看漫画书，后来开家长会的时候，家长都反映说同学们的英语水平太糟糕了，啥也不会。英语老师说他教的是快乐英语，主要让我们对英语感兴趣。可是家长们对快乐英语一点兴趣也没有，结果快乐老师就不教我们了，换了一个老师教不快乐英语。换来的老师一脸的不快乐，因为她的脸上有一块像牡丹花一样的红块块，还有很多雀斑，我们都称她魏麻子。魏麻子汲取了前任快乐老师的经验教训，对我们严的很，谁要是胆敢乱说乱动就要被她揪到门外，或者站到墙根。

这天，英语课的上课铃都响好几声了，可任小贝还在门口检查通行证，同学们挤到门口有的进不来，有的在班里吵闹，全班像到了集贸市场一样乱哄哄的。魏老师站到门口，耐心地等了十分钟，可我们好像是没有看到一样，还在像蜜蜂一样嗡嗡嗡嗡，魏老师只好低着头往教室门口挤，任小贝检查通行证竟然检查晕了头，伸手管魏老师要通行证。魏老师忍了半天的气像火山一样爆发了。她“啪”的一声打开任小贝的手说，把爪子拿开，你干啥呢，我说你干啥呢。任小贝就吓傻了，趁着任小贝吓傻的工夫，班里的女的就告状，说任小贝进班要检查通行证的事。魏老师就收集任小贝的罪证，我们就像蚂蚁一样拥挤着往讲台上交通行证。王飞人一向爱表现自己，不但把他没发出去的通行证都上交了，还把任小贝的作文本从桌斗里翻出来。王飞人兴奋得小眼睛闪金光，小脸闪红光，比孙悟空闹天宫时的胆还大，他一边翻任小贝的作文本，一边嘟嘟嘴，先不管师父不师父，挨任小贝老拳事小，受老师表扬事大，顾不得那么多了。他举着任小贝的作文本，跑到魏老师跟前说，魏老师他每天都撕作文本写通行证。

魏老师的脸青一块紫一块，扬着任小贝的作文本说，任小贝，你有什么权力发通行证，你是警察不是，是不是？我现在就去找吕老师，让他管你。

任小贝瞟了魏老师一眼，用跆拳道里的天马流星拳法一下就把自己的本抢了过来，紧紧地抱在怀里。魏老师见状，就说交出来，不交我抢了。任小贝就说你也得能呢。魏老师伸手就抢，任小贝死活不放，边挣扎边喊不给。魏老师用两只手抠开任小贝的胳膊，把作文本抢了过来。任小贝大喊快给我，不给我就告校长，把你开除。去去！你去！魏老师毫不在乎地说我就不给你，你有本事就把我开除了吧。任小贝看到了讲台上教英语的复读机，一把就抢在手里，气冲冲地说用复读机替笔记本还划算呢，说完就跑了。

魏老师趴在讲桌上就哭了。哭得鼻涕一把眼泪一把，忍也忍不住。

我们就看着魏老师哭。魏老师一直哭，周小雨和英语科代表夏天就劝魏老师别哭，他们一定给魏老师报仇。

这时任小贝又偷偷地溜回来了，他坐在班门前的果皮箱上，举着复读机向我们伸舌头做鬼脸玩。魏老师趴在讲台上光顾着哭没看见。周小雨大叫一声，任小贝。周小雨是任小贝的克星，周小雨一喊任小贝，任小贝就吓得一哆嗦，哆嗦时一个跟头就从果皮箱上摔了下来，复读机扔出了老远，前门牙也磕掉了。任小贝咧咧血肉模糊的嘴，想笑一笑，结果却哇一声大哭起来。

魏老师顾不得哭，赶紧拉着任小贝去医院了。

## 吕老邪

有一个人很自命不凡，他的个子不很高，每天却神气十足，像一个骄傲的小公鸡。有一天，这个自命不凡的人让任小贝去办公室把作业本拿来，等任小贝飞跑着去拿作业本,他就笑嘻嘻地把一盒粉笔放在教室的门上,要砸任小贝。

他为啥要砸任小贝呢?因为任小贝刚才把他写的口号给弄烂了。他费了很大的劲,用毛笔写了一行大字,叫"凡事皆有可能",贴在黑板的上面,让我们天天想这句话。王飞人想了半天也没想明白有啥事可能发生,就对任小贝说,你跳一下,看能不能够着这个字。任小贝说够不着,他试过,只能够着黑板最上面的框。王飞人就很轻蔑任小贝,说还当师父呢,凡事皆有可能,懂不懂,笨得像一头猪。

任小贝只好使劲思考,思考的结果就是决定站在讲桌上往上一蹦,结果把"皆"字给撕扯了。像任小贝这样没头脑的家伙,就不能思考问题,啥事越思考越糊涂,思考的结果往往是不如不思考。

那个自命不凡的人决定惩办任小贝,就是要设下陷阱,用粉笔盒砸任小贝的头。

我们都兴致勃勃地等任小贝回来。

任小贝捧着作业本飞快地跑回来,快跑到教室门口了,"鹿"校长走过来,说等等我,咱俩一起进。"鹿"校长比较懂礼貌,不和任小贝争着进,他推开门请任小贝先进,任小贝毫不客气地抱着本就进,结果粉笔盒就摔下来,砸在任小贝头上。

那个人和"鹿"校长就像商量好一样,配合默契,让粉笔盒掉在任小贝的头上。在我们的笑声里,那个人红着脸,赶快把"鹿"校长拉到办公室里面谈话,因为要是在班里面谈话,"鹿"校长肯定罚他站到教室后面。

这个自命不凡的人,就是我们的班主任吕不凡,我们都管他叫吕老邪。

吕老师之所以被称之为吕老邪,是因为他会"弹指神功"。

我们上课时谁要是小声说话,谁要是上课走神,他就会将一个粉笔头很准确地弹在你的桌面上,把你吓一大跳,然后他像没事人一样继续讲课。

看到任小贝把教英语的魏老师气哭了,自己把门牙也磕掉了,吕老师就说任小贝,你算什么武林大高手呀,坐在果皮箱上也能把门牙磕掉,我小时候练飞檐走壁,能在三米高的墙上奔跑如飞,也没把牙磕掉。

任小贝经常表演的绝活一是亮胳膊上的大疤,二是手不扶地,翻空心跟斗。他站起来说当时都怨周小雨像个母夜叉一样哇哇大叫,把他吓迷糊了,要不是他头朝下摔也摔不坏。不信,咱俩到外面表演各自的绝招,让同学们当裁判。

说着,就走到教室门口,瞪着小黑眼珠,问吕老师敢不敢比。吕老师说,笑话,怎么不敢,走,咱们到操场上比。

我们都很兴奋,因为平常都是语文课挤占体育课的时间,今天太阳从西边出来了,就乒乒乓乓移开桌椅,跑出去看他们比武。

任小贝还没等我们全都跑出教室,就迫不及待地想翻跟斗。被他徒弟王飞人给拦住了。王飞人一只胳膊弯在胸前,一只胳膊平伸,嘴里锵锵锵打着点,打圆场子,然后学着大街上耍猴的样子,双手抱拳,说,哎哎,在下初到宝地,有钱的捧个钱场,没钱的捧个人场,下面请任小贝表演翻跟斗,上眼吧您。说着就命令任小贝,快点,上。

任小贝忘了他是师父,王飞人是徒弟的事,很听话地冲进圈子,手不扶地,连续翻了五个空心跟斗,还能翻。王飞人说够了,够了,别翻了,要是还有劲,就打拳吧。

任小贝就表演跆拳道里的太极一章,节奏较慢,没有翻跟斗好玩。王飞人刚跟任小贝学过,还没等任小贝练完,就说,停停停,别练了别练了,该老师表演。

吕老师没练过翻跟头,就说自己只会飞檐走壁,就领我们去找墙头。可是现在没有墙头了,因为现在的墙有的变成临街的商店,有的变成黑色的铁栅栏了。

吕老师没法表演。

任小贝说吕老师净会吹牛。

王飞人对吕老师说,吕老师吕老师,你要是教我飞檐走壁,我就背叛师门,拜你为师。吕老师就很奇怪地说,我现在就是你的老师,你背叛我以后,就应该拜别人为师，这点道理都想不明白，真是个糊涂虫。

找不到墙头我们围着操场转了一圈就回班了。王飞人兴奋劲不减，偷偷地扒上铁栅栏想练习在铁栅栏上跑，结果让铁栅栏上的尖尖头顶着肚子，王飞人上去下不来，像一只偷油吃的老鼠，吓得他大喊救命。吕老师赶紧用百米跑的速度把他救下来，他们师徒二人都吓出了一头汗。

吕老师承认比武失败，不过他说自己真的没吹牛。他小时候有一点点淘气，是他们院里一帮小孩儿的司令。司令就是军棋里最大的那个官。他们那个时候每天只上半天学，上半天玩半天，日子过得舒坦。在院里玩腻了就去逛公园，那时逛公园要买门票，他们没钱，就跳墙，天天跳墙就练成了飞檐走壁的神功，在公园的大墙上飞跑也没事。

现在公园不收门票了，也没围墙了，大门大敞着，想啥时候进去就可以光明正大地进。可我们天天忙得很，星期天也要上补习班，也没空去逛逛，没准现在公园游乐场里的碰碰车和转转椅都生铁锈了，不上好多好多的润滑油根本就不能开动。我的理想就是在公园上班，最好负责管过山车或者摩天轮，天天坐在上面不下来，想玩多大会儿就玩多大会儿。

吕老师说现在的孩子好可怜哦。我们也说现在的孩子真的是好好好可怜哦。

窗外的天好蓝哟，蓝得透明。

桃花岛的桃花好艳哟，艳得透明。

吕老邪的老师是一个白胡子老头，他们的教室没黑板，墙上挂着一幅梅花鹿的画，白胡子老头趴在讲桌上睡大觉，口水流了一大堆，怎么也睡不醒。小吕老邪和同学在课堂上随便说话，说得舌头尖都发麻了，也没事儿；他们在课堂上吃冰激凌，吃玉米花，吃麻辣豆，吃烧鸡腿，吃得像饭馆也没事儿；他们在课堂上打闹，捉飞进教室的小麻雀、捉蝴蝶、捉蚂蚱，吵吵得像一锅开水也没事儿。

小吕老邪他们玩得太腻了，腻得都不想玩了，就像高玉宝一样爱读书了。他们推醒白胡子老头说，老师老师，我要读书，求求你给我们上课吧。

白胡子老头醒了，他擦了擦口水说，师父领进门，修行在个人，学知识不能光靠老师讲，主要靠自己消化，我已经把你们领进教室的门了，学不学我不管，求求你们让我再睡一小会儿吧。说完老先生就又香甜地睡着了。

小吕老邪向他的同学摊开了手，说怎么办。

他的同学也摊开了手，说怎么办。

小吕老邪只好带他们出去玩，因为他是司令，相当于现在周小雨的官职。

小吕老邪他们走到梅花鹿画前，说神鹿神鹿我们要出去玩，神鹿神鹿我们要出去玩儿。神鹿画下面的轴就卷起来，墙壁上就露出了一个洞，走出洞口，前面是一个湖，在湖边停着许多只小船，租船的阿姨说，欢迎来划船，欢迎来划船，你们要不来我没事干都快下岗了，一人奖励一块巧克力。他们吃过巧克力，就组织了一个船队，在宽阔的湖面上打水仗。打过水仗，他们决定去闯荡江湖。

小吕老邪他们的学校很大，围墙很高，围墙都是用长城上的大砖砌成的，学校门口挂着一个牌，上面写着“人民公园”四个字。原来吕老师他们的学校就是公园，他们上学校就是逛公园。公园门口有人把门出不去，小吕老邪会飞檐走壁，他像燕子穿云一样跃上墙头，像哪吒一样甩出鲜红的浑天绫，把同学们像仙女一样都拉上了墙头，然后就顺着围墙绝尘而去。

我跑过去喊吕老师，等等我。他们不理我，我从吕老师起跳的地方像跳远似的一蹦，就飞起来了，原来吕老师飞檐走壁的绝招就是在地下埋一个弹簧。

我兴高采烈地像飞机一样在天上飞，大朵的白云像棉花团一样把我包起来，真舒服呀。我正闭着眼睛享受，嘭地响了一声，一个粉笔头落到我眼前的桌面上又弹到地上，在桌面上留下一个白印。吕老师用教鞭敲了敲黑板说，梅超群，请问，我刚才讲到什么地方了？

# 抗日

我爸在区里的一个文化馆工作，天天无所事事，最大的爱好就是收藏过去的连环画。他的朋友就叫“连友”，而且很多“连友”都是收破烂的，他们收破烂时发现了连环画就给我爸留着，我爸就喜滋滋地把他的宝贝买回家，用 84 消毒液消毒，用白生生的馒头当橡皮擦灰尘，修修补补，瞎忙一阵。

我妈非常非常爱干净，对我爸的收藏事业深恶痛绝。

有一天傍晚，在回家的路上，遇一大群收破烂的，这些收破烂的浑身是土，他们骑着三轮车，躬着腰，光着膀，兴高采烈地结伙回家。收破烂的很热情好客，和我爸打招呼时把胳膊举得高过头顶，大声嚷嚷，说老梅、老梅，吃饭了没有，上我那儿吃饭吧。

我爸还没来得及回答，一个叫老张的人嘎地将三轮车停在我爸面前，他对我爸使了个眼色，就像特务对暗号。我爸对我跟我妈说，你们先回家，我和老张去办点事。说完，两人就钻进旁边的小胡同。老张把三轮车上一口袋书哗地倒在地上，我爸就像苍蝇见着了烂鱼，一下就扑了过去。

我像侦察兵一样把观察到的情况告诉我妈，说咱回家吧。我妈噘着小嘴说不回就在这儿等。

这时候天上来了一片乌云，打了个闪电，快下雨了。我爸终于从小胡同里钻了出来，兴奋地抱着一大摞小画书往家里跑。我赶快喊了他一声。他一看我跟我妈还没回家，就很不耐烦地冲我翻了个大白眼，说快点，快点，要下雨了，别把小画书淋坏了。

我妈生气地说，天天就知道收破烂，心里就是小画书，你咋不想着把你儿子淋坏了，你去跟小画书过吧。我爸就说女的就是头发长见识短，人家大名人崔永元也收藏小画书，你说崔永元也是收破烂的，等小画书值钱了，我就发大财了。

我爸玩小画书的资金是只出不进，小画书是只进不出，收进来就卖不出去，越集越多，摆得到处都是。我妈说求求你，你就卖几本发一次小财，让我看看吧。我爸就说别跟我提钱，别跟我提钱，一提钱我就烦，太俗气，这些宝贝可不能轻易出手呀，是要当成传家宝传给儿子的。我妈就代表我发言，说俺可不要，脏兮兮的，到时候也得当破烂给你卖了。

我对妈妈代表我发表意见的事都习惯了。一般情况下，我认为妈妈的意见非常对，爸爸的意见非常错，妈妈的意见就是我的意见。因为我很小的时候，我们家为什么事表决时，我肯定和老妈联盟，否决老爸。

我爸在送我去幼稚园的路上，曾经不止一次语重心长地询问，你跟谁最老厚。我就说跟爸爸妈妈最老厚。我爸启发我说最老厚的意思就是只能跟一个人最好。我还是很不讲逻辑地说跟爸爸妈妈最老厚。我也认为爸爸的画书很不卫生，摸一下肯定沾手上一大堆细菌，我要看就看《我是豆豆》之类的卡通漫画，对老爸老掉牙的连环画不屑一顾。老爸非常愤怒，他说他小时候为看一本画书还得掏两分钱，坐在路边就像现在坐在电影院里一样，看画书看得津津有味，回家晚了还得挨吵。

老爸为了让我看小画书，放下身段，耐心地说，你看你看，这可是大名家王淑晖画的《西厢记》，里面有一个小姐长得可美啦。我翻了翻，看不懂，说这都是些恩恩爱爱的事儿，你不是在引诱我早恋吧。老爸急得抓耳挠腮，又拿出了一本《取成都》，说你看这里面有张飞和马超大战二百个回合的故事，你看这个马画得多好看，马超的流星锤飞得多快。我小时候为了得到这张画，偷偷地把人家摆画书得小画书撕下一页，回家比着描。

唉，老爸呀老爸，为了看小画书不惜当小偷。小画书画得再好也没有漫画书好，他竟然连这么简单的道理都不明白，还像个老太婆一样叨叨叨。老爸越求我看他的画书，我就越烦看他的画书，我要是有看一本小画书的工夫，早就打一盘通关游戏了。

有一天，吕老师布置收集一篇有关抗日材料的家庭作业。我妈说等明天上班时给你从网上下载一篇。我说不行来不及了，明天早上要交的。我爸一听就来劲了，他说他最愿意抗日，因为他收集了好几本日本侵华期间印的日语书，还有一架只有铜壳没有镜片的望远镜。他说今年是抗日战争胜利六十周年，可是市里面没有搞展览，使他的收藏英雄无用武之地。说着就翻箱倒柜给我找到一本很厚的蓝硬皮精装本，是日本昭和十五年印的《现代支那满洲教育资料》。我爸说儿子，这本材料可是日本侵华的实物，拿到学校保管受表扬。我一看是日文，就说什么呀，啥也看不懂，老师让找像歌颂二小放牛郎之类英雄事迹的材料。老爸赶紧说英雄王二小的画书我也有，让我给你找。我说什么呀，二小放牛郎的故事我们课本里就有，不用你找。老爸说抗日的故事连环画多了去了，要不是给你一套十本的《铁道游击队》吧，上面有老洪扒火车的故事。我说老爸别发疯了，老师让找一个故事，你让我带十本小画书，太多了。

老爸说要不让你爷给你讲一讲他机智勇敢，欺骗日本鬼子的真事吧，这可是只有一件事，非常符合你老师的要求。

我爷抗日的故事，他都讲了快十遍了，但是我跟老爸一样没有认真听，这次为了交作业，只好认真听爷爷讲他过去的事情。

我爷说我们的老家在湘西，就是《湘西剿匪记》里的湘西，我们老家不但出毛泽东、刘少奇这样非常伟大的英雄人物，还出土匪。在我们老家村后面的小山坡里，有一个很深很深的地洞，里面藏着一大窝土匪。后来官兵把土匪堵在地洞里面，官兵不敢进洞，就用大石头把洞口堵住了，老乡们传说过了三个月，山坡的石头缝里还冒出缕缕炊烟，土匪们不知所终，大约饿死在洞里。

日本人来侵略的时候，我爷他爸，就是我太爷爷，像东北抗日联军杨靖宇将军一样，拉起了一支地方武装，那支武装的名称我爷忘记了，大约叫自保会或者保安团之类的。我爸就拍板说，梅超群你就写太爷爷组织的叫红枪会，就像黄巾军一样，这个名字比较帅。

我太爷爷成立红枪会以后，自任会长，因为他是村里唯一的秀才，懂得很多革命道理。太爷爷拉起了队伍，可是没有武器，只有一些红缨枪。太爷爷听军师的建议，悄悄挖开围困土匪的山洞，在里面找了三天，可是洞里面大洞套小洞，走了很深，烧掉了很多根火把也没找到土匪的尸体，自然也没有找到枪。爷爷说了一个成语叫狡兔三窟，土匪比猴都精，肯定是那个时候骗官兵，早从后门溜走了。

找不到土匪的枪，只好打日本鬼子枪的主意。

日本鬼子住在我家的北屋，我们老家的土房子一间和一间都是通着的，有许多门可以出入。一名红枪会会员小名叫烂菜，我爷管他叫三哥的，带着几个人，在一个月黑风高的夜晚，像“鼓上蚤”时迁一样，潜入鬼子的住处。

这时候鬼子们都睡了，只有一个炊事员在炖一锅猪头肉。他高高兴兴地吹着口哨，一会儿用刺刀挑一块尝尝，一会儿挑一块尝尝。这个鬼子炖肉的手艺很不错，香味随风飘过，烂菜咽了口口水，很想吃一块。可是吃肉事小，偷枪事大，好不容易等鬼子睡着了，烂菜就在墙上摘走了鬼子两杆三八大盖。

临出门时，烂菜忍不住又拐回去，在锅里捞了只猪耳朵，猪耳朵可烫，烂菜忍着疼，捏着油光光的猪耳朵不撒手，要是把猪耳朵再扔到锅里，肯定要发出巨大的声音，就会暴露目标。烂菜好马不吃回头草，硬是不撒手，终于成功了。

我爷爷那个时候像我这么大。第二天早上，他正在屋子后面的池塘里捞鱼，就像王二小正在放牛一样，被三个日本鬼子抓住了。日本鬼子丢枪是一件不得了的大事情，丢枪的小鬼子肯定被大官揍得满脸桃花开，心里面窝火得很。鬼子让爷爷带路去找枪，因为鬼子只相信小孩儿不相信大人，我爷只好领着鬼子胡乱搜查，正好和烂菜在稻田的小路上遇到了。鬼子要到烂菜家里搜，烂菜把枪放在自家的炕洞里，要是搜出来非把烂菜枪毙了不可。烂菜还以为事情败露，正在想着如何逃跑，这时我爷爷竖起大拇指说，他的，良民大大的，大大的良民。鬼子这时候搜累了，听爷爷讲情，就把烂菜放了。

我说爷爷你们怎么没有设一个埋伏圈，把鬼子引进去消灭了。爷爷说什么设埋伏圈，要是鬼子知道他们的士兵被村里面的人杀了，就架起机关枪把村子血洗了。你太爷爷的红枪会也只是对县城里或者在公路上走的鬼子打几下冷枪，对村子里的鬼子还得杀猪给他们吃。

虽然说爷爷的抗日故事情节不是很惊险，总算是找着了点材料。我正写作文，鲁笛子打电话问我要抗日的材料。我说行，我爸有很多抗日的小画书，给你带一套十本的《铁道游击队》。刚放下电话，我爸就冲我瞪眼睛，说吕老师只让带一个小材料，你给人家十本小画书太多了。他很小气，只给我找着一本描写一个农村小孩在水塘里抓住一个汉奸的小画书，名字叫《泥鳅看瓜》，也不知道是不是抗日的材料，可总比鲁笛子啥也不带要强。

## 偏心眼

教我们自然课的常老师是一个扎着马尾辫的漂亮老师，她有点水蛇腰，王飞人开始给她起了个外号叫“长虫”，后来看动画片《葫芦兄弟》，就给她改名叫“蛇精”。

王飞人痛恨常老师是因为她非常非常的偏心。她偏心的对象是鲁笛子。

鲁笛子得宠是因为他歌唱得好。鲁笛子肥头大耳，他爸教他吹笛他不学，却非常爱唱歌。我的脖子很细，说话就有点公鸭嗓，鲁笛子的脖子很粗，唱歌的声音就像是抹了油，很香很甜。

鲁笛子歌唱得不但我喜欢听，小燕子也喜欢听。

有一个小燕子的妈妈，天天听鲁笛子唱歌，就把家搬到鲁笛子家的屋檐下。鲁笛子他家住的是一大间旧瓦房，大瓦房上长满了瓦草，大瓦房下面有一个跟司马光砸缸那么大的金鱼缸，里面游了好几条红鱼，他家院里还有一株古老的大石榴树，常常开满火红火红的石榴花。鲁笛子他爸也是肥头大耳，长了一脸的大胡子，和和气气地跟我们握手，他家天天鸟语花香，过着无比快乐的生活。

我们班的同学都去看过鲁笛子养的小燕子，常老师也跟着去凑热闹。常老师在大学里面学的是古筝，跟鲁笛子他爸很谈得来。常老师穿着黄裙子，坐在鲁笛子家的石榴树下，弹奏了一曲《笑傲江湖》，鲁笛子他爸本来捧着一个小泥壶在喝茶叶水，听着听着就把壶放下，抄起笛子来伴奏，他俩就像拍电影一样美，把王飞人的眼睛都看直了。

常老师有一个同学在少年宫办了一个古筝班，经常聘请她去传授古筝的技艺，她感到当音乐老师是她的最高理想。

“蛇精”对上自然课非常不感兴趣，她想当我们班的音乐老师，可是校长不让她当音乐老师，常老师不敢和校长顶嘴，只好不情愿地来当自然老师。蛇精说人生的最高境界就是干一份自己喜欢的工作，并且靠自己喜欢的事情挣到钱，这样就能非常投入地创造出不平凡的事业，而且生活得很愉快。她希望我们非常非常地喜欢自然课，长大了当科学家，靠自己的本领挣很多很多的钱，达到人生的最高境界。

因为常老师长得漂亮，我们都愿意上她的课。

一开始，王飞人最喜欢常老师了。

王飞人长得又瘦又小，尖嘴猴腮，两只眼睛像猴一样骨碌碌乱转，是我们班里的“开心果”。他说他要是只拜一个人为师就好了，他就拜常老师为师,当常老师的关门弟子。我和任小贝坚决不同意,因为任小贝只有王飞人这一个宝贝徒弟,我只有王飞人这一个宝贝师侄。任小贝说按照江湖规矩只能师父把弟子清理出门,弟子不能自己把自己清理出门,如果弟子把自己清理喽,就是背叛师门,如果弟子背叛师门,师父就让执法长老执行家法。一般情况下,执法长老都是由师叔担任,就是由小妖担任。

任小贝斜着眼睛看着王飞人,我在旁边跃跃欲试,准备擒拿王飞人。任小贝说徒弟,你还敢不敢了,王飞人说不敢了。我说师侄,你还敢不敢了,王飞人说不敢了。我和任小贝刚松了一口气,王飞人就说敢,就是要背叛师门,说完就跑了。我和任小贝就追。王飞人的腿像兔子一样短,但跑得像梅花鹿一样快,我和任小贝追到他时上课铃响了,也没执行成家法。

王飞人背叛任小贝后,一门心思想拜常老师为师。林青在少年宫学古筝时曾遇见过常老师,王飞人听到这个消息后,就向他爸提出要到少年宫学古筝的要求。王飞人他爸原来是个足球运动员,入选过省青年队,一门心思想让王飞人踢足球,听到王飞人想弹古筝的古怪想法,就对王飞人他妈说,就王飞人三分钟都坐不住的胡乱劲,还想弹古筝,那不是张飞绣花吗。王飞人他妈说,俺王飞人就是想克服坐不住的毛病,才去学古筝的呀,是不是王飞人？王飞人说他就是喜欢弹古筝,而且林青也弹古筝。王飞人他爸最喜欢林青了。王飞人他爸跟林青他爸是同事,一开始林青他爸很羡慕王飞人他爸,说你真是有本事呀,生了个儿子,我要是当过运动员就好了,也能生儿子。王飞人他爸嘴上说小子淘气,生个闺女多省心呀,心里还是很得意的。后来,真让王飞人他爸说对了,王飞人从幼儿园开始,不是把小朋友的鼻子打出血,就是自己把自己的脑袋磕个包,而林青长得像个小仙女,学习成绩好得不得了。王飞人他爸见到林青他爸就自觉的低人半头,回家动不动就说看人家林青,长得好,学习又好,多让人省心,林青他爸咋恁有福气哩。

听说林青也学古筝,王飞人他爸就同意了。说林青也学古筝那你就去学吧,往后林青上啥班,你就上啥班,跟着林青,你一定会有出息的。

王飞人学古筝还是很有成绩的。王飞人他爸接他回家时,问他学了点啥。王飞人说老师在教之前讲了一个故事,就是在高山上一弹古筝,就能找到一个知音,不过找到知音后要把琴摔一下,就像这样。说着王飞人就举起古筝,朝他爸头上比画一下。王飞人本来是想把他爸的头假装成石头,轻轻地敲一下,没承想琴可重,他的小细胳膊控制不住,嘭的一声砸在他爸的脑袋上。

王飞人他爸虽然说是当过运动员,可是没提防,让王飞人砸得眼前冒出一串金星星,等清醒过来,揪住王飞人就给他屁股上来了两巴掌。王飞人挺胸抬头没有哭,他为了学古筝,历尽苦难痴心不改,少年壮志不言愁。

谁知王飞人和常老师没缘分。王飞人报古筝班刚上课没几回,市里面不让老师搞第二职业,常老师就不能到少年宫教课了。王飞人想当常老师入室弟子的美梦也跟着破灭了,当不成常老师的知音。王飞人有多动症,不是一般的坐不住,而是非常非常坐不住,没学两次就不想学了。王飞人他爸说歪戴帽狗材料,种地不听蝲蝲蛄叫,还是跟我学习踢足球吧,从明天起早晨要跑三千米,练好身体素质。

王飞人每天跟着他爸练跑步,窝火得很。王飞人喜欢常老师是一厢情愿。王飞人喜欢常老师,而常老师不喜欢王飞人,而是喜欢鲁笛子。

常老师和鲁笛子都是SHE的“粉丝”,鲁笛子经常坐在常老师的办公室和常老师研究最流行的音乐。鲁笛子拍常老师马屁的技术很高。我们市里面举行十大歌星比赛,鲁笛子他爸是评委,常老师站着星光灿烂的大舞台上,非常带感情地唱了一首《同桌的你》,鲁笛子他爸就给她打最高分。可是鲁笛子他爸给常老师打的最高分白打了,评分是去掉一个最高分,去掉一个最低分,鲁笛子他爸打的最高分被去掉了,常老师就没被评上全市的十大歌星。常老师喜欢老狼的《同桌的你》,是因为常老师的男朋友和她是大学的同桌。鲁笛子不太喜欢这首歌,因为鲁笛子的同桌是一个很笨的女孩叫柳娜娜,鲁笛子不会的数学题,柳娜娜也不会,鲁笛子不会的英语单词,柳娜娜也不会,鲁笛子不喜欢他的同桌,可是他却对常老师说《同桌的你》好听。

常老师偏心鲁笛子。有一次,我们玩打雪仗,任小贝和王飞人师徒俩一伙，我和鲁笛子一伙。任小贝和王飞人一个武艺高强，另一个跑得飞快，我和鲁笛子被打得落花流水。王飞人正把一捧雪往鲁笛子领口里塞，常老师过来救鲁笛子，说王飞人，你别欺负人家鲁笛子，鲁笛子要是让雪冰感冒，就不能唱歌了，你懂不懂。

说完常老师就带着鲁笛子回办公室守着暖气片听MP3。

王飞人就站在雪地里哭了，心瓦凉瓦凉的。

任小贝劝王飞人别伤心了，说常老师不会喜欢你的，女的都是死心眼，爱上谁就是谁，你就死心塌地跟我当徒弟吧。我跑出校门给王飞人买了一袋鱼柳，说别伤心了，你就安安心心地跟我当师侄吧。

王飞人抽抽噎噎把塑料袋撕开，把鱼柳吃了。他说我恨我恨我恨恨恨，常安琪，偏心眼，鲁笛子是个小白脸。

每次快考试了，常老师就把鲁笛子喊到办公室，给他画考试的重点。有一次，考试自然课里有一道题让解释钟摆的秘密，我们都不会，想偷偷地抄。常老师说谁让你们抄的，平常不努力，现在着急了吧，王飞人，你要是再抄一下，我就告吕老师，让吕老师治你。过了一会儿，她看鲁笛子也没写出来，就说乖，仔细想想，是不是由于地球的引力呀，结果鲁笛子写出了答案，王飞人写出了答案，我们全班都知道了答案。

把王飞人气得吐血，就给常老师起了一个“长虫”的外号，后来更名叫“蛇精”。

# 神眼姥姥

我妈说现在的人都得孝顺父母，有一个人还是个大官呢，不孝顺父母，让更大的官给教训了一顿。我爸说活该，有的人天天给大官提水倒茶，却不肯给自己的父母干活，应该下发一个规定，给每一个想当官的人家里安上摄像头，记录下给父母倒一千次水后，再考虑让不让他当官的事。

我妈说孝顺父母得有实际行动，我妈想买一个预防得脑痴呆的红外线治疗仪，那个治疗仪上有一个红插头，每天往鼻子里一插，鼻子里就有一个红点点在亮，每天治疗一小时，脑子就非常灵活，咱们得掏三千块钱，给我妈买一个。

我妈说的我妈，就是她的妈，也就是我姥。我爸说你妈还是医生呢，让人骗了也不知道，这种治疗仪就是骗老年人的，人一老了就比小孩儿还好哄。我妈说，不行啦，我妈天天去听卖治疗仪的讲课，非得买。

我爸说都是你妈一个人住得怪孤单，咱们得请她来住几天，那个卖治疗仪的找不到她，就去别的地方骗人啦。

我姥姥是一个退休的老医生，她的坏毛病就是非常非常讲卫生，天天要洗三次澡，洗十五次手，拖四遍地，她要是来我家住一阵子，我家的水费就会翻滚着直线上升。

我家水费翻滚着直线上升的话是我爸说的，交水费的事我一般情况下是不会过问的。不过我非常赞同老爸当一个环保主义者的想法，当环保主义者洗手的时候就不用打肥皂了，要是节约水资源，就不用洗手了。我姥姥在我家住的时候，我放学想先捏一块肉尝尝，她就会大惊小怪地说，洗手洗手，这孩子。然后就教育我妈，你是咋教育的，饭前便后要洗手的习惯都养不成，没有教不会的孩子，就是有不会教的家长。

在我姥姥跟前，我非常想讲卫生，如果一讲卫生我姥姥就会很高兴，一高兴就带我吃一次 KFC，或者给我发零花钱。我姥姥的眼神很好，什么事都逃不脱她老人家的火眼金睛。有一次，我用苍蝇拍打死了一只小苍蝇，就用水把苍蝇拍洗了洗，姥姥看到后，马上给我发了两元钱的卫生奖。

有一天晚饭时，姥姥端出一盘炸得金黄的小焦鱼和一盘糖拌西红柿，大家配着小米粥叽里咕噜地吃得很香。我爸吃饭的速度跟在解放军食堂里一样快，我刚吃半碗，他已经吃完两碗了，他吃完饭就要出去收破烂，我妈说他收破烂发大财的机会跟在大街上买彩票的机会一样多。我爸通过我妈的挖苦，更加坚定了在破烂中找宝贝发大财的信心，就想尽快发一次大财给我妈瞧瞧，可他总也发不了大财，就更加着急地想花很少的钱收一个大宝贝来证明自己的事业是一项伟大的事业。

我爸吃过饭就出去了。我第二个吃完，吃完饭一不小心，就犯了一个十分严重的错误。这个十分严重的错误就是用袖子当纸巾擦拭了一下嘴。虽然说我用袖子擦嘴的动作非常轻快，但竟然被姥姥和妈妈这两个女的同时发现了。

我妈非常不满意地“嗯”了一声，小声说，往哪蹭？我妈不敢明着批评我，因为要是被我姥发现了，她得负一定的连带责任。但是她“嗯”了一声的心思白费了，我姥的火眼金睛里糅不得半点沙土。我姥盯着我足足有五分钟，让我感受到了大山般沉重的压力，然后说，袖子不能擦嘴，你的这种表现太让姥姥失望了。我吃完饭本来想干点讲卫生的好事儿得到点表扬，但是，用袖子擦嘴的事让我再次获得卫生奖的希望像小金鱼吐出的泡泡一样破灭了，我只好低头认罪。在我低头认罪的时候我非常痛恨我爸，都怨他教我不讲卫生。

我四岁的时候，幼儿园里感冒大流行，我爸骑自行车带我回家的时候，我感到嗓子眼里痒痒的，就打了个喷嚏，然后一股清泉就顺着我的鼻孔往下流淌。我刚要把鼻涕抹到新衣服上，我爸十万火急地说，别蹭。我只好停手，但是鼻涕挂在脸上很不得劲，我也不敢说话，因为一开口鼻涕就会自动淌到衣服上。我爸批评我说，这是你妈刚给你买的新衣服，怎么能往上面蹭鼻涕呢，蹭也要蹭到旧衣服上。爸爸说着，左手扶着车把，右手把自己穿了三年的鸭绒衣袖子伸过来，我拿起爸爸的袖子像用卫生纸一样把鼻涕蹭在了上面。从此，我就发现了用袖子擦嘴比用纸巾方便的秘诀。真是子不教父之过呀，都是老爸害我挨姥姥的批评。

我正在挨姥姥的批评，我爸兴冲冲地淘宝回来了。他两手抱着一幅画，像捧着一道圣旨，小心翼翼地放在桌上，把墙上挂的一幅旧画取下来，挂上了这幅喜鹊图，因为上面画了两只喜鹊和一树梅花。我为了显示自己讲卫生，就告姥姥说，我爸又买了一幅旧画，上面还有一大片黄水印，真恶心人。

我姥虽然说非常讲卫生，但是她认为我爸没准真的能在破烂堆里挖出一个大宝贝。因为我姥姥她爸就曾经在一个收破烂的家里找到了一个宝碗。在我姥五岁的时候，她爸非常穷，有一天，他去洗澡的时候，看到澡堂旁边有一个收破烂的在一个破棚子里吃饭，这个收破烂的饭桌上摆了一只非常奇怪的碗，这只碗只有一条腿，但是立得非常稳。我姥姥他爸的眼比我姥姥的眼还毒，他立刻就断定这是一只宝碗，就用十个铜板买了下来。回到家我姥姥她爸就把这只宝碗砸了，因为这个碗的腿里装满了金子。我姥姥她爸用金子换成钱让我姥上学，才当上了医生，要不是我姥也得上街要饭，根本不可能讲卫生。

我爸听了我姥姥讲的故事，急得直拍大腿。他说，怎么能把碗砸碎呢，碗腿里有金子，说明这个瓷器是个大精品，肯定比金子值一万倍的钱。我妈说你不是说提钱就俗气嘛，我们就是愿意砸，谁不知道金子第一值钱呀，咱俩结婚时你给我买的金戒指到现在不是还值钱。我爸说你的破戒指要是再卖的话肯定赔钱。我妈说谁要卖结婚戒指呀，咱俩又不离婚。我爸顾不得和老妈理论,非常心痛这只传说中的宝碗。

话说我姥走过来看了一眼我爸挂在墙上的喜鹊图,说这画的是啥呀。我爸说,这幅喜鹊图不知道是谁画的,但是给这个画配对联的是一个书画大名家,说明这个画家肯定不是等闲之辈。卖画的人不愿意卖大名家写的对联,只愿意把画出手,我只用一百元就收到,来赌赌运气。听老爸这么一说,我认为老爸的见解比较高明,妈妈以前对他下的结论都是错误的。可是姥姥立刻反驳说,一定不是什么名家之作,瞧,他画的喜鹊嘴太弯,像个老鹰,而且喜鹊羽毛很多,他只画了一根毛当尾巴,像个秃尾巴鹰。

第二天,老爸找了个画家鉴定,这幅画还真不值一百元。

我对老爸的收藏能力产生了深深的怀疑,天天研究竟然不如一个经常不出门的老太婆,真是一个不开窍的木头疙瘩。分析姥姥眼睛很神的原因,就是会观察细节,就像神探柯南一样。我姥是医生,她肯定知道预防脑痴呆的治疗仪是个好东西,我爸应该给我姥发三千元,把治疗仪买回来,我每天先用用,肯定脑子像神探柯南或者聪明的一休一样聪明,我就成为一名无所不晓的大侦探,眼神肯定比姥姥还毒辣。

## 金子发光

任小贝的跆拳道老师,是我们市的散打冠军。

当散打冠军可不是件容易的事。

任小贝的跆拳道老师为了当冠军,就跟很多的武林高手比武较量。有一次，在比武时让一个人把眼睛打成了“玻璃花”，任小贝的师父忍着剧痛，来了一招大劈腿，把人家砸了个跟头，总算是报了一拳之仇。

本来任小贝跟他练习得好好的，可是我们市里面有一个拍电视的导演非要拉散打冠军去演戏。因为他的眼睛成了“玻璃花”就变得很毒辣，导演让他演一个大坏蛋，他连杀了三个好人，结果让一个大侠客痛打一顿，踢到水里淹死了。

散打冠军拍完电视剧以后，听到了几句表扬，就头脑发热，不想当教练了，想到北京当武打演员。因为我们市里面拍电视剧的导演，有个师弟非常厉害，他在北京写电影剧本，导演就给任小贝的师父写了一封介绍信，要他写剧本的师弟专门给任小贝的师父写一个剧本，把任小贝的师父培养成李连杰、成龙，实在不行也得培养成周星驰。

散打冠军怀里揣着介绍信，信心十足地去北京。

临走时他骑着摩托车带着任小贝去天府酒楼吃小牛排。

散打老师点了四份小牛排，他吃完自己的两盘后，还要替任小贝吃一盘，任小贝只能吃掉一盘，因为武艺越高的人吃的东西越多。散打冠军的师父就是任小贝的师爷，他年轻的时候在村里种庄稼，每天中午要吃一扁担馒头。一扁担馒头的意思就是把一个长两米的扁担放在地上，把馒头顺着扁担摆放整齐，然后从这头吃到那头。后来师爷这个真正的武林高手被省里发现，调他去体工大队，他到体工大队食堂一看，里面摆放着许多种饭食，而且随便吃不掏钱，把任小贝的师爷欢喜得不得了。现在任小贝的师爷是一个大人物，不但教了很多外国的洋弟子，而且还是省武警总队的武术教官，天下的美食都吃遍了，但是任小贝根本不晓得师爷长得什么样。

散打冠军端起面前摆放的开胃酒，对任小贝说，徒弟，等师父在京城混好了，就来接你，咱爷俩一块闯荡江湖，去干一场轰轰烈烈的大事业，我要成了大腕演员，一定也让你跟着出大名。来干杯。

任小贝端起可乐当酒喝了一大杯，说干杯，再干一杯，然后说再干一杯，他俩一共干了五杯，任小贝干杯的时候感到很好玩，笑嘻嘻地干了一杯又一杯。

任小贝喝饱了可乐就咧开嘴哭了,不想让散打老师走。他揪住散打老师衣袖说,当演员恶心死了,导演让他喝马桶里的水也得喝,让他往脸上抹屎也得抹,一点地位也没有,散打冠军多光荣呀,我不要你当演员,太丢人了。

散打老师说他知道当演员是很贱,不过当演员可以去很多地方神游,天天游山玩水,关键是能够出大名,比散打冠军的名气大很多很多倍的。散打冠军对任小贝说,你知道李连杰厉害吧,要是不拍电影《少林寺》,他根本不会这么厉害。任小贝说他不想厉害,就想跟师父在一起玩。散打冠军没办法,只好说,那你去投奔我师弟吧,他虽然说没啥真本事吧,肯定带你玩得开心。

任小贝的新师父叫三刀,因为他出生时,他爷爷正在吃一种像火柴盒般大小,用面块炸成的油红色的甜点心,这种点心上要用刀子划三刀,让面块炸得透,所以就叫三刀。三刀的爷爷正在吃点心,就给孙子起名叫三刀。

三刀没师兄的武艺高,当不上跆拳道馆的教练,他正在跟一个姓徐的教练在公园旁边办一个武术班。徐老师是教练,三刀是副教练,因为这个武术班开始的时候是徐老师办的,后来武术班越办名气越大,来学习的小孩越来越多,徐老师顾不过来,就请三刀来帮忙。

三刀带任小贝练武艺像玩儿似的,对任小贝一点也不严厉,因为任小贝的腰很软,下腰一点也不费劲,劈叉劈得很直,空心跟头翻得很“溜”,三刀带武术班小孩儿苦练的东西,任小贝已经会了。徐老师就教任小贝一套棍法,三刀教任小贝一套刀法。

任小贝混得很开心,因为他当上了武术班的班长。别人在武术班穿的衣服是白绸子做的,任小贝穿的是红绸子做的。每天早上或者晚上,任小贝穿着红绸缎做的长排扣练功服,系着飘穗子的黄布板练功带,带着一大群小孩子练功夫。他的动作舒展流畅,像演电影似的,一些孩子的妈妈看得眼热,就让自己的孩子来学习,徐老师练功班的人数一下子扩大了一倍。

有一次,市里面搞文明城市评比,有群众性体育活动搞得好不好这一项内容。省检查团的大官前呼后拥,坐着小汽车在全市胡乱转,发现不好的地方就要扣分。市长比我们小学生还害怕扣分,就专门安排好检查的点,让大官们看。公园就是一个检查的点,因为这里有花有草,很好看。检查团的大官们坐着小汽车检查到公园的时候停了下来,他们下了车,市长和一大堆扛着摄像机的记者也下了车。他们漫步在检查点检查时,市文化局专门在公园的大门口安排一大群老太婆跳扇子舞。老太婆们在这里等了很久,站得腿都酸了,可是检查团左等也不来,右等也不来,老太婆想回家做饭,在文化局的一个人苦苦哀求下才没有散伙。老太婆们没劲跳舞,就围在一堆聊天,检查团的汽车开到跟前才发现,赶快打开录音机开始跳,这就显得有点假装。检查团的人最烦的就是假装,他们想看点真实的情况,老也看不到。其实检查团的人看真实的情况也很容易,那就是偷偷地看就行了,但是检查团偏偏不愿意偷偷地看,他们就愿意光明正大地看。

检查团里有一个年轻人的眼尖,隔过公园的大门和一排大梧桐树,发现了徐老师的武术班,看到任小贝的精彩表演,这个铁一样的事实,说明我们市群众性体育运动真的搞得好,武术班为城市增了光。后来,任小贝的光辉形象成了我们市电视台的一个栏目的片头,任小贝天天在电视里挥舞银光闪闪的大刀片,很是威武。

任小贝的散打冠军师父去北京没有当上演员。因为电视剧导演的师弟没有空给散打冠军写武打的剧本。因为这一个时期流行的不是武打剧,而是家庭剧,就是演一个家庭里有一个病人,或者是有很多受苦受难的事,让大家感动得直哭的那种戏。

我奶要是看这种戏就感动得直哭。

我爸看了这种戏就笑,说都是瞎编的。我奶就骂他不孝顺,说要是我得了病,肯定没有人管,你们一个个都是白眼狼,跟戏里的人比简直就没法比。

我奶把我爸吵得不敢吭声。我赶紧保证,等我回来当了大名家,一定给我奶请十个保姆,一个做饭,一个捶背,一个扫地,一个洗衣服,我奶什么也不用干,天天光看电视就行了。

我奶就高兴得笑嘻嘻，搂着我说，真乖，真乖，俺梅超群真懂事，比你爸还懂事。

散打冠军没演成戏，就在北京的一个跆拳道馆里当教练。

有一天，散打冠军回来了，他对任小贝说，我去北京都没当上演员，你小子在家里就当上了，还天天有一个特写镜头。

任小贝说你真笨，当演员一点都不费劲，只要你带着一帮人站北京天安门广场上一个劲地练七星八卦刀，导演带着摄像机就会自动找过来。要是不信，我就跟着你去一趟北京，等你当上大腕演员，给我签一百个名，我再回来。

>>>>>> PART 2

# 瑞士军刀

任小贝说，啥破刀呀，连小妖也不要的东西，我才不稀罕呢。我要是要也是要人家第一滴血电影里兰博用的那种美式军刀，又大又威风，上面还有钩，你这就是一把破小刀，还冒充瑞士军刀呢。

# 排座次

你想想吧，谁都愿意演坏蛋，不想真的当坏蛋。

演坏蛋的人真得劲，他老是躺在大摇椅上，手里拿一把小茶壶，或者两个大铁球，旁边一个小丫鬟捶腿，一个小丫鬟扇扇子，天天吃好东西，看见谁不服气，就让人痛扁他一顿。

我们玩过家家的时候，我就愿意演坏蛋。

不过，要是当真坏蛋就得多想想，因为坏蛋最后总是倒大霉。

吕老师不知道是哪根筋搭错了，非要在我们班分差生组和优生组。你想想，平常当差生都是闹着玩的，要是分到差生组就是真的差生了，长大肯定倒大霉。谁要是分到差生组，走到哪里都没脸见人，吕老师分差生组和优生组真是吃错了药，害人不浅。

叶如镜被评为差生，她马上就哭了。

我和任小贝、王飞人都是差生，因为我们考试的分老是不高。我爸一看我的考试卷有很多不会写的，都空着不写，就教我说，考试卷不会写，不能空着呀，胡乱写点字，万一蒙对点，还能加点分。可是我干什么事都非常认真，不会写就是不会写，要写就认真写，不能胡乱编，考试的时候也不能骗人。

我们男差生都没哭，虽然也很想哭，但是男子汉哭了就更没脸见人了。

叶如镜本来不是差生，吕老师一直认为叶如镜学习挺好的，叶如镜学习成绩好的秘密只有我一个人知道，那就是会抄。

叶如镜发明的抄袭方法就是用铅笔把答案先写在桌子黑亮的漆面上，作弊时就利用桌子的反光歪着头看，抄袭得很顺手。

有一次考英语，叶如镜趴在桌子上头也不抬地抄，我用胳膊肘捣捣她，让我也抄抄。她不理我，飞快地抄，我只好伸长脖子去看她的卷子，我看得太认真了，没有想到魏老师悄悄地走到我后面偷偷地看我抄，本来她想捉拿我一个人，没想到发现叶如镜在桌子上抄了一大长溜英语单词。魏老师欣喜若狂，好像哥伦布发现了新大陆，马上就把我放了，把叶如镜揪了出来。魏老师冷笑着说，叶如镜呀叶如镜，原来你考的好成绩都是抄来的呀，我马上报告吕老师，让他治你。

常老师发现我们的毛病就说，我马上告诉吕老师，让吕老师治你。魏老师发现我们的毛病也说，我马上告诉吕老师，让吕老师治你。常老师发现我们的毛病说告诉吕老师是假装的，让我们非常担心吕老师治我们，但是每次吕老师都没有治我们。魏老师说告吕老师是真告，她让吕老师治我们，吕老师就非治不可。

叶如镜就被分到差组当差生。

我真是心太软，看到叶如镜哭了就去给她买了一支雪糕。谁知叶如镜冲我大吼，滚开，都怨你，都怨你。好心没好报，我真是太没面子了，就说不吃拉倒，好心没好报，好脚不踩臭狗屎。叶如镜气得如疯狗一般，抓起雪糕就给扔了。我也气疯了，把叶如镜推了个屁股蹲。

叶如镜的好朋友林青赶快跑过来保护叶如镜，她正想大批评我一顿，谁知叶如镜从地上爬起来后更疯，用九阴白骨爪把我的脸挠出了两道血印子。周小雨赶快跑过来，批评叶如镜，人家好心给你买雪糕，你怎么这样呀？给小妖赔礼道歉。叶如镜知道周小雨是我姐，就说你俩又不是亲的，凭啥让我赔礼道歉？

王飞人凑过来说，师叔，你的武艺也不怎么样呀，用不用我帮忙，把小叶子捉拿归案。

我想了想，说算了，看在咱们都是同一个战壕里的战友的分上，就饶了她吧。周小雨用食指点着我的前额,恨铁不成钢地说,我怎么认了你这么个窝囊废当弟弟呀,说完扭过头很痛心地走了。

叶如镜生气,其实我也很生气,这都是当差生这件事闹的。当差生要坐在靠墙角的位置上,这是我们学校的老规矩。吕老师说,谁想坐好座位,必须要学习好,就像梁山好汉排座次一样,宋江的本事大,他就坐在最好的位置上,谁要是不服气,就刻苦学习,谁成绩好,就让谁坐好位置。

王飞人说不对,武松就比宋江的武艺高,但是武松就没坐最好的位置,这非常不公平,不如咱们班比武,谁的武艺高,谁就坐在最好的位置上,我师父任小贝的武艺最高,任小贝应该坐在最好的位置上。

任小贝马上站起来,双手抱拳说,过奖过奖,本人在电视里天天当大明星,为学校增光,理应从墙角移出来,不过坐在墙角也挺舒服的,我就把最好的位置让给周小雨好了。

周小雨本来就坐在我们班第二排中间最好的位置上。周小雨是班长,任小贝最害怕周小雨,本来想拍马屁讨好周小雨一下下,却得到周小雨一个非常不满意的白眼。

其实坐在墙角真的是很不错,可以趁老师不注意的时候走一会儿神,还可以在墙上画小人儿玩。王飞人一听任师傅的指点,马上想到了坐在墙角的各种好处,就说,对对,我也不和别人争,我也愿意坐在墙角。

吕老师用弹指神功向王飞人飞去了一个粉笔头,说,别以为坐在墙角做小动作老师看不见,老师站在讲台上,你们在下面干什么事,也逃不脱老师的火眼金睛。其实分差生组吧,就是想催促一些同学发奋读书,也不是全凭着学习成绩,像咱们班的鲁笛子同学,虽然成绩不是很优秀,但是刻苦认真,就不是差生,像叶如镜同学,虽然学习比鲁笛子好,但是考试时投机取巧,就得当差生。王飞人,让你当差生你服气不服气?

王飞人说服气。

吕老师说服气也不行,就让任小贝和王飞人师徒俩,坐在第一排的中间位置。吕老师说过年贴春联时,门神爷秦琼和尉迟恭就在这个位置,这个位置最好了。

鲁笛子考试的分有时候还没我高,除了唱歌有点天才外,学习别的东西就很吃力。鲁笛子肥头大耳,就像是往一个西瓜里注了水,成了一脑袋汤,他没当上差生,真是一个奇迹。

鲁笛子最爱说谎话,是我们班的智多星。可是,他的聪明都用到别的地方,比如说听歌一遍就记住词,电视剧里的台词也记得很清楚,看第二遍的时候往往能给演员提词,预先说出人家讲的话。可在学习上非常不聪明。常老师鼓励鲁笛子,说凭鲁笛子的聪明脑袋,只要刻苦学习,没有学不会的。鲁笛子就非常刻苦地学习,恨不得用小刀把学习的内容刻在脑子里,可他的脑子里都是水,刻了半天也刻不上字。他写作业最慢了,老师布置家庭作业时,我们都嫌多,吕老邪布置一项,我们就哎哟一声,都说太多了,太多了,写到明天早上也写不完呀。这时候鲁笛子就说,吕老师,你布置得不算多,多布置点作业,我们就能把学到的知识多巩固巩固,对我们的学习帮助可大了。

吕老邪就像许仙看见小白蛇一样,遇到了千年的知音,小眼睛立刻笑成了一条缝,就说已经说了一百遍的话,看人家鲁笛子,多刻苦,你们要是有鲁笛子一半的学习精神,我就谢天谢地了。

结果,我写作业写到夜里十一点还没写完,写一个字痛骂一声,死鲁笛,真是个害人精。害人精,打屁嗡,一打打到茅屎坑。老爸看电视看得不想看了,把我的屋门开了个缝,像小偷一样探头探脑地说,快睡吧,十一点多了,不睡觉在这里嘟囔啥呢。我说都怪鲁笛子,让吕老师布置这么多的作业,不但让写一篇作文,写一张大卷,还让把一个单元的生字写十遍,你帮我写吧。我爸马上请示我妈,你儿子让我帮他写作业,你说帮不帮。

我妈走过来说,还有多少?我说还有五课的生字,还得写一个钟头。我妈生气地说,人家学校都减负减负,你们班是增负增负,你先去洗脸睡觉,让你爸帮你写。我打着哈欠闭着眼睛去刷牙,腿软得直打弯,扑到床上就睡着了。

老爸接受任务后心中大喜，因为这次替我写的是语文，他比较拿手，要是让他写算术他就晕菜了，因为他连三年级的题都不会做，别说是四年级的了。可是他老是不服气，教着教着就把自己教迷糊了，就是算出来也是连推理带猜，是他自己发明的算法，跟老师算的方法不一样。

早上醒来一看，老爸的字越写越不像样了，他临摹我二年级的笔迹还是很像的，我现在上四年级了，他还按照二年级的老套路写，一点进步也没有。

我说妈妈，你看我爸写的作业，一点都不认真，我怎么交呀！

老妈的水平不是一般的高，而是非常非常的高，她提起笔刷刷在我的作业本上向吕老师提了三点建议，其中一条建议是少布置点作业，因为我睡得晚，眼睛都熬红了，不利于小孩子的成长。

吕老邪一看我的作业本，气得脸都白了，放学的时候不让我们回家。他说，鲁笛子你昨天晚上几点睡的？鲁笛子说他晚上一点睡的。在他非常困的时候，喝了他妈端给他的一碗榨菜肉丝汤，虽然说把上嘴唇里的皮烫脱了一小片，但是克服了困难，终于把作业写完了。吕老邪说梅超群，你写作业的时候，你的家长在干啥呢？我说我爸和我妈在看电视。吕老邪说梅超群，看看人家鲁笛子他妈，看看你妈，人家对儿子多支持，孩子困了就给加点夜宵补一补，你的家长倒好，当爸爸的替儿子写作业，妈妈给老师提意见，从今天起，咱们班里布置的作业大家都得完成，就梅超群可以不写，下课。

放学的路上，王飞人拦住我很神秘地说，小妖，你妈给老师写点啥呀，让我抄抄行不行。我气得六神无主，泪花在眼睫毛上打转转，也顾不得计较王飞人不喊我师叔的事，实在没心思跟王飞人斗气，就把作业本掏给了他。王飞人蹲下来拿大腿当桌子，很认真地把妈妈写的意见抄下来，说你妈真好呀，每天我妈监督我写作业，盯得我一个字也写不出来，我也让我妈给吕老邪写点意见，我也不用写作业了。

# 吐泡泡

老爸有两大绝技，一是吐烟圈，二是吐泡泡。

他郁闷的时候就爱吐烟圈，高兴的时候就爱吐泡泡。

我感到我爸最高兴的时候就是我发卷子的时候，不管我考得好不好，我爸都特兴奋。要是我考得好，我爸就很高兴。有一次，我的作文被当成范文，全年级的语文老师都在讲我的作文，吕老师也在讲我的作文。作文的题目是“我的爸爸”，我写的是我跟我爸坐电梯，电梯一下子失灵，我爸像英雄一样让我爬在他的背上，这样，电梯如果摔下去，他先死，我有可能不死。结果，电梯只失灵了一层就停住了，我们都没死，我们走出电梯的时候，感到阳光亮得发蓝。我回家向我爸报告了这个喜讯，我爸装出无所谓的样子，点点头，吐了一个泡泡，然后就慢慢地掏出五十元递给我，说我的作文等于在学校发表了，这是给我发的稿费。

如果我考得不好，我爸更高兴。因为我爸把挑我的毛病、教训我当成了头一等乐事。他拿着考试卷，像唐僧一样把我叨叨得晕头转向，然后他就装成痛心疾首的样子，光明正大地点上一支烟，往天花板上吐烟圈，好像对我说，你考的都是大零蛋。

有一天，我爸花一百元钱，在一个摆书摊的老头儿那里买了四张“文革”宣传画，上面有一张是一大堆人在喊口号，特疯狂，比超级女生还疯，还有一张是一个人用超大号的拳头在砸几个小人，比七龙珠里的小悟空还猛。

我爸以为捡了个头号大便宜，对我姑父说，你要去北京玩，带上我这几张画，一张一千元，四张就是四千元，北京那块玩古董的人特多，北京人见到“文革”品眼都直了，毫不犹豫地掏钱就买，够你去天安门、故宫、长城来回玩个够。我姑父一听有这等好事，马上喜滋滋地说那就放好，等我去北京时当路费。

我爸把画摆一溜在墙根，就开始边欣赏边吐泡泡。他吐泡泡就是让唾沫在舌头下面形成一个泡，然后放在舌头尖上，一吹，就吐出一个泡泡。操作起来十分麻烦，不如花一元钱买一小瓶泡泡水，用一个小刷子一吹，天空里就能飘出一百个美丽的泡泡。

第二天，我爸的泡泡就吐不出来了。原来这四张画都是假的，只值二十元。我爸说幸亏没带到京城，要不是就丢人丢大发了。我妈说带到北京也丢不了人，反正也没人认识你，没准还真能卖四千元钱，给我和梅超群一人买一个带摄像头的手机。不过某些人让人家拿二十元钱去北京玩一个来回，真是吹牛不报税呀。

听了我妈的数落，我爸就很郁闷，躺在沙发上吸烟时，就往房顶上吐了很多个烟圈。这个时候吸烟可跟我考不好的时候不一样喽，我考不好的时候，我爸能够光明正大地吸烟，我跟我妈都不敢得罪他。现在是他自已失误了，还胆敢光明正大地吸烟，就是错上加错。我妈立即就把我爸的烟卷从嘴里拔了出来，说不许在家里吸烟，被动吸烟受得毒害更大。

要让我爸不抽烟就像不让一条蹦到岸上的鱼喝水一样。他抗议说，人家上当受骗心情不好，连吸口烟也不让，真是人要倒霉喝口凉水都塞牙。

我说老爸，你上当受骗再气得狠吸烟，就赔更多了，不如戒烟，把赔给老头儿的钱通过不吸烟给赚回来。老爸一听，说，言之有理，言之有理，少吸一盒烟就能挣五元，少吸十六盒烟，就能把赔的八十元钱捞回来，对对对，现在就开始戒。

老爸经常说他戒烟，宣布过很多次，每次戒烟行动都不超过三天。不过老爸这一次受刺激了。那个骗他的老头儿跟他是老交情了，被朋友骗的滋味就像喝二锅头的滋味，特别受刺激，老爸一受刺激真的戒烟成功了，连续一个月都没吸烟。

我前几天也受了一回刺激。上一个星期天是六一儿童节，鲁笛子、任小贝、王飞人他们邀请我去鲁笛子家吃饭，吃完饭再去公园玩。因为我是老爸掌心里的夜明珠，只要脱离他的视线就担心我丢失。就说，不能去，跟周小雨去还差不多。我说人家周小雨她们几个女的一块去，不带我去。我妈说，让梅超群去跟男孩子玩吧，天天像个女的似的，长大怎么会有出息！老爸本来只是随口一说。我只要提什么要求，他首先是要表示反对，后面的话才是真正的意思。但他就爱跟妈妈别劲，他本来想让我去，让老妈这么一讲，就坚决不让我去了。老爸在文化馆的工作是收集资料编书，他的资料特别多，在一秒钟之内就能想起一条。说你忘了上回跟鲁笛子偷偷去游泳差一点被淹死的事了吧，要不是鲁笛子哭着去找看池子的老头儿用竹竿把你捞上来，你的小命不就玩完啦。

我一想起那次差点被淹死的恐怖事件就同意不出去玩了。但是鲁笛子可不是那么容易被说服的人，他的小嘴像机关枪一样有杀伤力，他的语言像嚼过的泡泡糖一样黏人。到了中午十二点，他又打电话劝我爸说，叔叔，让梅超群和我们一起去公园玩吧，保证不去游泳，保证不往熊山的深池子里跳，保证不往老虎笼子里伸手让老虎把手指头咬掉吃了，就在小树林里慢慢地散散步。

我爸听了，心一软就同意了，两点准时把我带到公园门口。我嫌老爸在我身边像警卫员一样跟着太丢人现眼，就催他回家，老爸就走了。我在公园门口狠等狠等，看到周小雨、林青、叶如镜打扮得花枝招展地过来，她们马上把不带我玩的事忘了，喜滋滋地说哟小妖，走走走跟我们去公园。我说不行呀，说好了得等鲁笛子，要不是他们来了见不着我该急了。叶如镜把我的胳膊拉得老长也没把我拉动，林青的小媚眼看得我真想去可是忍住了，周小雨说，我弟弟男子汉说话算话，就让他在这儿傻等吧，她们就连蹦带跳地疯跑进了公园大门。

我在公园门口等了一小时也没等到鲁笛子。老爸本来想等我进公园再回家,终于等不及了,就从躲着的地方钻出来,掏出手机说,他们肯定是不来了,要不是你打个电话问问吧。我打电话一问,鲁笛子他妈说他们早就出门了,鲁笛子带个小灵通,你给他打电话吧。我再一打,鲁笛子他们正在游泳池里面喝汽水,他笑嘻嘻地说,哟,小妖你还在等我们呀,本来想上公园来着,可是任小贝非要来游泳,我们就来游泳了,要不你也来吧,我们在这里等你。我很生气,气傻了。我明明知道鲁笛子有说完话就不记得的毛病,可是还是相信了他,就让老爸把我带回家睡了一大觉。

这一回老爸上当受骗后也气傻了,傻得连烟也不想吸了。这天,姑父找上门来了。他说有一个好朋友开了家名叫"芳草地"的饭馆,里面的服务员都穿着许多许多年前的绿军装,吃的是许多许多年前的饭菜,这些饭菜是老爸很小很小的时候才吃的,现在已经吃不到了。

姑父来的意思就是想把老爸的四张假画要走,为朋友饭馆开张送上贺礼,这些画挂在"文革"饭馆里真是太合适了。我爸说这可是假画呀。姑父说"文革"饭馆本来就是假的,服务员穿的军装是现做的,饭菜的原料也是现在的,日子过去就过去了,再也回不来了,这些宣传画往框里一装挂出来,谁也不会去认真地识别。

我爸收藏到假画就像吃饭时吃出了个苍蝇,留着吧,别扭,撕了吧,舍不得。一听姑父要,就好像从绑住他的绳子里解脱了出来,高兴得不得了,连声说,拿走吧,拿走吧,谢谢,谢谢。姑父就像解救老爸出苦海的观音菩萨,把画卷起来扬长而去。

老爸一高兴就吐了半小时泡泡。

过了几天,姑父给老爸送来了两条"红旗渠"牌的好烟,比老爸平常吸的烟高级多了。饭店老板看到姑父的礼物特别的满意,马上把原来墙上挂的一幅大名家画的李白喝酒图取下来,挂上"文革"假画,饭店里古老的岁月再现,生意更加红火,就让他拿两条烟来酬谢老爸。

老爸见"烟"眼开,接过来就放在书桌上了。我说老爸你不是戒烟了吗?老爸说烟是戒了,不过要让你妈看看,凡是东西都是有用的,化腐朽为神奇才是高手,我就是一个高手。

爸爸得意地吐了一个泡泡,把姑父的功劳忘了个一干二净。

## 地道

鲁笛子发现了一个神秘的地道。

鲁笛子对我说,小妖我发现了一个神秘的地道。我说我也发现了一个神秘的地道,就在你家后面的大河边上。

鲁笛子大惊失色地说,你怎么发现的呀?

我说我有一件隐身服,穿上隐身服你就看不见我啦,我在一个黑风猛刮的深夜,埋伏在你家的窗台下面,看见你用一个黄色的塑料盆端来了一盆热水,说妈妈洗脚,你妈妈十分感动地说,好孩子真懂事,有这份孝心就行了,妈妈自己会洗,你先自己洗洗脚睡吧。

鲁笛子像普天下最懂事的儿子那样向他妈请示说,妈妈那我先洗脚睡了。他妈用最慈祥的眼光看着鲁笛子说,睡吧,明天还得起早上学呢。鲁笛子最愿意给他妈洗脚,因为他妈根本就不让他洗。

鲁笛子睡着了。鲁笛子他爸说,鲁笛子那次说要给咱俩洗脚,你不让他洗,他只好捏着鼻子给我洗了。可是我只享受了一次,这小子就不管我了,每次光问你洗不洗脚,咋不问问我呢?鲁笛子他妈说,真是废话,我要是让他给我真洗,他连问我一声都不会问了,还不如不让他洗,天天听点好听的孝顺话呢。鲁笛子爸说,你这是画饼充饥。鲁笛子妈说,画饼总比啥也没有强吧。

我盯着鲁笛子的眼睛说,老实交代,有没有这回事儿?鲁笛子深深地低头认罪说,有这么回事儿,然后呢?

然后,我就看见你从家里溜出来,走到河边上,在一棵大树上按了一下开关,树下就露出了一个地洞,你钻进去以后就不见了。我本想跟你去探险,可是当时非常困,就回家睡觉了。

鲁笛子松了一口气说,小妖,我还以为你真发现地道了呢,原来是在瞎猜呀,我发现的地道可不是在深夜,而是在大大大白天,你可真会编瞎话。

鲁笛子最爱骗人,说过的话就像风刮过草地一样,谁要是信了鲁笛子的话,就是比猪八戒还呆的呆子。

放学了,鲁笛子搂着我的肩膀说,小妖,我真的发现了一个真地道,我走进去过,里面太黑了,好像还有一个鬼在走路,把我吓跑了,现在我书包里装了一只值一百元的强光手电筒,咱们一块去探险,如果发现宝贝咱俩平分,快走快走。我说算了吧,我可不想去探险,要是鬼掐住我的脖子,我的舌头就会伸出来,也变成鬼。

我把舌头伸出来,把两只手都变成九阴白骨爪,去抓鲁笛子。

谁承想九阴白骨爪表面厉害,抓到鲁笛子身上却使不上劲,还不如不用哩。鲁笛子搂住我的脖子,用最土的方法把我摁在了地上。

鲁笛子把我骑成马,说去还是不去。我宁死不屈。鲁笛子说你今天要是不去的话肯定要后悔。我说我爸今天请我吃肯德基,男子汉大丈夫说一不二,说不去就不去?不过,你要是真挖着了宝贝想着给我分点儿。

鲁笛子像泄了气的皮球,从我身上滚下来,长叹一声,说为了一点好吃的就放弃发大财的机会,真是没福气呀,我再最后问你一声,到底去还是不去?鲁笛子就像一个嚼过的口香糖,粘上就甩不脱,我正犹豫,王飞人跑了过来说你们去哪里玩?我去,我去。

鲁笛子说王飞人,有一个发大财的机会,小妖不敢去。王飞人说小妖不敢去的地方,全都是我敢去的地方,你带着我。鲁笛子说行,然后他俩就跑了。

我心想,老鲁的骗人水平,只能够骗一下下王飞人,要是有地道也是他做梦梦出来的。

今天晚上妈妈加班,我爸说带我去吃炸鸡腿的。老爸回到家,很是六神无主,说,梅超群,今天我要去做一笔大生意,不能带你去吃肯德基了,你自己在家吃蜜蜂水泡馍吧。说完,他就从床铺下面掏出一大沓钱装在口袋里。

我连忙跑过去拦住他说,你又去找宝贝了,看我妈回来不吵你。

我爸说,今天我要是淘到了大宝贝,天天请你吃肯德基。不过今天的宝贝是盗墓贼刚从地下面挖出来的,你说我是收宝贝发大财呢,还是报告公安局当英雄呢?要是公安局的人把爸爸抓走了,你哭不哭?

我说我才不哭呢,如果你被关到地牢里,我就穿上隐身服救你出来。不过你别去淘宝了,鲁笛子和王飞人已经去过了,等他俩挖出宝送给我,我再送给你。

正说着呢,电话铃响了。

我十分兴奋,因为我们家的电话很灵,一般来说,正说谁呢,谁的电话就会打过来。

我抓起电话,果真是老鲁打来的。我说老鲁挖着宝贝了没有。鲁笛子说,小妖,小妖我抓住坏人了,我抓着坏人了。原来鲁笛子和王飞人发现的地道是两个盗墓贼挖的。这俩盗墓贼找着埋宝贝的地点后,一开始一个人挖,另一个人放哨,后来,快挖着了,谁也不愿意放哨,恐怕别人把好东西偷着装起来,就争着往前挖土,洞口就没人把守了。

鲁笛子和王飞人进洞以后,一开始还能走着,后来就得爬着钻进去,爬着爬着爬进了一个墓室,鲁笛子探头一看,两个盗墓贼一个手里拿着个骷髅头,一个手里拿着把青铜剑,在火把下,两只阴森森的绿眼睛像闪着鬼光。

鲁笛子大叫一声鬼来了,救命呀,手脚发软,装着新电池的手电筒哐当一声,掉地下摔灭了。盗墓贼也吓了一大跳,扑过去捉住了鲁笛子。鲁笛子比较胖,把洞口塞住了。王飞人赶紧后退着往回爬。

盗墓贼好不容易把鲁笛子从洞口揪出来,才能去追王飞人。这时候王飞人已经爬出了洞口,像兔子一样拔腿就跑。

王飞人就像天龙八部里的段誉，武艺不行，逃跑的功夫是一流的，因为他爸当过足球运动员，天天逼迫他练三千米跑。盗墓贼还以为王飞人很好抓，没想到追了三千米还没抓住，盗墓贼收不住脚一直追，王飞人一面大喊救命一面飞跑，正在逃命，一辆公安局的巡逻车停在王飞人面前，王飞人一头钻进了车厢，盗墓贼也钻进了车厢，警察就把盗墓贼抓住了。

然后，把鲁笛子也解救了。

打完电话，我对老爸说鲁笛子又在瞎编故事，他说他抓住了两个盗墓贼。老爸听了，吓得出了一头冷汗，说，你同学在哪里抓住的盗墓贼？我说不知道在哪儿抓的，鲁笛子瞎编的话你也信。

老爸不急着做生意了，让我问问鲁笛子在哪里发现的地道。我一问，鲁笛子说你不是知道嘛，就在我家后面的河边呀。

老爸本来是想去找盗墓贼买宝的，幸亏王飞人跑得快，让警察早早把盗墓贼抓住了，要不是老爸也得被警察抓住。

老爸很感激王飞人和鲁笛子，他请我们三个人大吃了一顿肯德基。

后来，我爸一提要去找宝贝，我妈就会说，算了吧，算了吧，要不是梅超群的同学救了你，你正在大牢里和盗墓贼一块吃窝窝头呢。

## 瞌睡虫

小时候我有特异功能，坐在我爸自行车的前梁上，我要是喊“风、风、风”就感到有一股风吹到手上，要是喊“风停、风停、风停”，就感到没有风了。试验了好几次，真的很灵，就把这个伟大的发现介绍给老爸，我爸一试，也很灵。

后来看一个叫《英雄》的大片，里面的秦军射箭时，一大堆人一起喊“风、风、风”，箭雨就更厉害了，能把瓦片射穿。我说这不是我发明的吗，在电影里用我的发明也不跟我说一声，这好像有点侵权。

幼稚。我爸说发明东西容易，让发明的东西发挥作用不容易。英雄所见略同这句话你懂不懂？我说不懂，啥叫略疼，是不是头疼？我爸耐着性子，说英雄所见略同就是说大英雄大豪杰的看法都是一样的。在呼风唤雨这件事上，你同张艺谋的想法是一样的，说明你很有可能当上大导演，你的发明就让张艺谋用用吧，等你以后当了大导演也可以侵别人的权。

我说要当就当大明星，谁愿意当大导演呀，大明星比大导演光荣得有一百多倍，等我当上大明星，我就给我爸收藏的小画书上都签上名，让我老爸的画书更值钱。

呼风唤雨法让《英雄》侵权后，我就热衷于研究瞌睡虫法。

我觉得任何一个武林大高手都比不上瞌睡虫。

你想想，孙悟空当齐天大圣在蟠桃会上偷酒喝的时候，拔一根毫毛变成瞌睡虫，就让搬酒的大力士都睡了，他想吃啥就吃啥，想喝啥就喝啥，比喝透心凉的雪碧还爽。他想捉拿妖精的时候，就让瞌睡虫钻到妖精的鼻孔里，等妖精睡着了，再一棒子把妖精打死，十分省劲。我觉得孙悟空只会瞌睡虫这一招就可以天下无敌，根本不用七十二变。

有一次去公园，看过了猴子，就坐在草地上看一个老爷爷放风筝。风筝飞得太高了，钻到云彩眼儿里了，天空上的白云一大朵一大朵地在飘飘飘，有时候像一群鱼，有时候像一条大龙。这时候，从猴山里长出了一棵大树，一个小猴顺着树爬上了天空，就变成了穿虎皮裙的孙悟空，孙悟空跳到草地上，教了我一套上蹿下跳的猴拳，又塞给我一个宝贝，就一个跟头飞上天没影了。我睁开眼一看，孙悟空不见了，从我手心里滚出来一个硬角角落到草丛里，捡起来一看，原来是一个瞌睡虫。这个瞌睡虫是绿色的，天天躲藏在一个黑树叶做的硬角子里一动不动地睡大觉。

自从我把瞌睡虫放在铅笔盒里当宠物养着，我就开始犯困。

晚上，我爸跟我妈去跳舞。他们俩像燕子一样，冬天躲在温暖的国度里，也就是他俩的大床上寻找温暖，哪里也不去，春天就飞出门，在暖和的风里翩翩起舞。

老师说要冬练三九，夏练三伏。我爸我妈锻炼身体是冬睡三九，夏睡三伏，一点也不刻苦，我爸和我妈不刻苦，就说明我没有得到刻苦学习的遗传细胞，我不刻苦学习不能怨我，要怨就怨我爸和我妈。

等我爸我妈欢欢喜喜、情意绵绵地回到家，我正趴在桌子上大睡，口水把语文书浸湿了，我记在课本上的中心思想和段落大意也洇成了一大团云雾，跟我脑子里的记忆一样，迷迷糊糊的。

我爸把我叫醒，说古人头悬梁才能学好，就把我的一撮头发用一根红布条拴在门框上。但是我还是很困，写的字歪七扭八，像蜗牛爬。我爸说，你写的字跟蛇一样怎么能成，字是一个人的脸面，字如其人懂不懂，怪不得你一走路三道弯，像个柳条少爷。说着他打开了我的铅笔盒，想拿出橡皮来擦，看到了瞌睡虫就拿起来剥开树叶研究。瞌睡虫能发出让人瞌睡的气体，我爸闻着味后，立即打了一个大哈欠，把瞌睡虫放回去，说别写了，别写了，睡觉，睡觉。说完，他也不管我头上的红布条，回自己屋睡了。

等我妈洗完澡，一面用毛巾擦头发，一面说梅超群，你洗不洗澡呀？等她看到我头上悬着一根绳子趴在桌子上，还以为我上吊自杀没气了，吓得一屁股坐在地板上，哇哇大哭。

我太困了，我妈哭的声音再大我也不醒。

我爸也困，我妈大哭他也没听见。

我妈从地上爬起来，不去救我，却去找我爸，揪着我爸的领口把他拎起来，说，快快快去看，梅超群死了。

我爸吓得目瞪口呆，吃怔了三分钟才回过神来，恢复了记忆。冲过去一看，我正睡得香甜，就说，什么死不死的，梅超群这不是正在睡觉吗？

我妈见到我没死，脸色一时没变过来。她把我头发上的布条解下来，抱着我说，要困的话拿牙签扎扎胳膊就行，别玩头悬梁，只玩锥刺股，听见了没有？

我看了看老妈，就像看一只对我挤眉弄眼的大马猴，根本就没听清她在说什么，就睡着了。

第二天上课我可惨了，语文作业没写，吕老邪非罚我把课文抄一百遍方能解他的心头之恨。

林青收作业时，我说我没写，她就用非常悲悯的眼光看着我，就像看一条躺在案板上被杀的鱼，快要死掉了。林青吓得眼泪汪汪，小金豆快掉下了。可见我在林青的心目中，地位不是一般的高，肯定像泰山一样雄伟。小林青呀小林青，你对俺太没有信心了，难道说你不知道俺不是一般的人，山人自有妙计吗？

趁大家没注意，我把瞌睡虫偷偷放在吕老邪讲桌上的粉笔盒里。吕老邪进班时绷着一张战斗脸，吓得我心里像有一个小人在跑步。赶紧像唐僧一样念紧箍咒：天灵灵，地灵灵，求你啦，瞌睡虫。还没念够三遍，吕老邪把抱着的一摞作业本放在讲台上，说，梅超群，你的作业呢？可别跟我说你忘了带。

我站起来，一声不吭，低头认罪。

按照吕老邪对不写作业者的处理惯例，下一步就要让我在教室后面站着示众。因为在座位上站着要影响后面的同学听课。

吕老邪刚要讲话，可是闻到了瞌睡虫的气味，他马上打了一个大哈欠，迷迷糊糊地说，那你坐下吧。

我没想到真的逃过了一劫。王飞人上次没写作业，让吕老邪罚得长记性，他很不服气地说，小妖的运气咋恁好呢？

吕老邪又打了一个大哈欠，用手狠劲地揉了揉眼睛，眼睛很沉重。吕老邪一打哈欠，我们班的胖子鲁笛子就打哈欠，结果全班的男女老少都打哈欠，有一半人趴在桌子上静憩，有一半人睁着无神的眼睛跟吕老邪一起发呓怔。吕老邪说要不然咱们睡一会儿吧。说完，也不管我们同意不同意，趴在讲桌上睡着了。我们也趴在桌子上睡着了。(1)班传来琅琅的读书声，我们听不见，这一觉睡得甜美无比。

## 瑞士军刀

一个人要是有一把刀，胆子就变大，要是没有一把刀，胆子就变小。

我爸说他有一套连环画，叫《三国演义》，总共有六十册，里面有一个人叫关羽，他有一把大刀名字叫青龙偃月刀，重八十二斤，有我两个重，他有一个跟班叫周仓，天天的任务就是替他扛刀，他骑一匹枣红马，天天瞎胡转，想杀谁就杀谁，比魔兽争霸游戏里长胡子大法师还厉害。

我爸还会哼哼几句歌颂关公的戏词，叫周仓拿大刀，老爷下马屙一泡，屙罢屎来不擦包，让它干了自己掉。我问关公屙过屎为什么不擦屁股。我爸说关公是大将军，他想干什么就干什么，他不擦屁股也没人敢批评他，谁要敢批评他，他一瞪眼，就把人家吓一溜跟头，非常厉害。

我从小就喜欢刀又害怕刀。有一次，我爸切西瓜，还没切下来我就去拿，差一点切到我的手指头上，把我爸吓了一大跳，把我手里的西瓜夺过来不让我吃，还对我的屁股发威。我一生气，就发誓不吃我爸用刀切下来的西瓜，光吃用小勺挖的西瓜，这样，我光吃西瓜的甜心，我爸只能吃西瓜的皮，我爸吃了大亏。

王飞人他舅给了他一把红颜色的瑞士军刀。

王飞人说这把刀可是从瑞士花一百欧元买来的呃,非常非常值钱。

我要过来瞅了瞅,说跟我爸钥匙链上挂的那把有机玻璃面小水果刀差不多嘛,就是比我爸小刀上多几样开酒瓶盖的东西,也不知道利不利。说着,我就拿一支铅笔削了削,也不是特别锋利,跟我常用的两元钱的长把薄刃的裁纸刀差不多嘛。

我拿着刀冲着窗口射进的光线像鉴定宝石一样鉴定一下,说,王飞人呀,你想想,你整天丢三落四的,你舅会把值一百块钱的刀给你玩儿,肯定是你舅骗你的,这把刀可能只值一欧元。

王飞人从我手里夺过小刀,白了我一眼,得,你妖里妖气的,能懂男人玩的兵器?这不是值一百块钱的刀,是值一百欧元的刀,顶中国的一千块钱,拜托。

任小贝从王飞人手里夺过小刀,紧皱眉头,用食指弹了弹刀刃,假装内行地点点头,说,好刀好刀,这可是真正的瑞士军刀,在兵器谱上排名第三名,小李飞刀,例不虚发,一刀出手,神仙难逃。说着任小贝嘴里发声"啵、啵、啵",拿着刀在空中舞动三下,又拽着林青的小辫拿刀割了一下,一根头发也没割断,把林青吓哭了。周小雨说,任小贝,你咋是个二百五呢?要是把林青的头杀掉了,你就是杀人犯,懂不懂?然后,周小雨又嚷嚷王飞人,谁让你带凶器来学校的?把刀子上交,要不告吕老师,给你没收。

王飞人害怕吕老师把小刀没收,就说好姐姐,好姐姐,求求你,别告老师,任小贝,快给我。

任小贝理直气壮地对周小雨说,这是一把削铅笔的小刀,是学习用品,懂不懂,告告喝马尿,不告不告喝驴尿。破天荒地把周小雨镇住了。任小贝乘胜追击,命令王飞人,这把刀让师父先替你保管几天,你没练过兵器,不会用,要是把手割流血了,可不是闹着玩的。

王飞人不愿意让任小贝玩,可是任小贝是他师父。他只好噘着嘴说,玩几天是不行的,只让玩半天。任小贝说,什么?只让玩半天?我可是你师父呀,要不咱俩比武,你要是出师了,我就不玩。

说着，任小贝把拳头伸到王飞人鼻子底下晃了晃，把小眼睛眯起来聚光，说，敢不敢对上三拳？敢不敢对上三拳？如果敢跟我对上三拳，就不要你的刀。

任小贝练过跆拳道、练过少林长拳，他的拳头很硬，像石头一样硬，如果王飞人胆敢跟任小贝比武，他的拳头肯定骨折，连字也写不成。

王飞人可是不敢，他刚要投降，可是又不甘心，只好向叶如镜求助。

叶如镜是个暴力女生，她要是一发威，任小贝也害怕。

谁知道叶如镜说，王飞人，你怎么比小妖还胆小？干脆叫你王小妞算了。

王飞人说，你懂啥呀？好汉不吃眼前亏，对付任小贝只能智取，不能强攻。

叶如镜很鄙视地瞅了王飞人一眼，眼睛就往天花板上看。

叶如镜是王飞人心中的偶像。

因为叶如镜是我们班的大美女，眼睛像弯月牙，长得特像超级女声何洁，比班长周小雨还好看。

王飞人不想让叶如镜看不上他，就撕了一张纸团了个纸球，当成小李飞刀，朝任小贝脸上投去，看镖。

任小贝很潇洒地用瑞士军刀一挥，想把纸团拨开，谁知砍了个空，纸球就在任小贝脸上开花。

王飞人一看偷袭得逞，就说，要比武就比飞刀，要是真刀的话，我这一出手你就死了，是本少爷手下留情，才饶你不死，赶快把刀交出来。

任小贝没想到王飞人来这一招，只好把瑞士军刀还给了王飞人。

王飞人比武取胜，心里很得意，说，本徒弟今天出师了，就不当你徒弟了，我是飞刀门的高手高高手，如果你想练飞刀，我可以当你师父。

任小贝说，啥破刀呀，连小妖也不要的东西，我才不稀罕呢。我要是要也是要人家第一滴血电影里兰博用的那种美式军刀，又大又威风，上面还有钩，你这就是一把破小刀，还冒充瑞士军刀呢。

放学了，任小贝闷闷不乐，我也闷闷不乐。

王飞人一出师，任小贝当不成师父了，我当不成师叔了。

走到学校旁边的小卖铺里，我买了一包“妙脆角”请任小贝共同享用。

刚吃了两片，我十分惊奇地发现，妙脆角的袋子里有一张姚明卡。这可是一个真正的大宝贝。为了这一张姚明卡，我买了快一百包妙脆角了，才集了三十多张不重样的卡，中姚明卡真的是比中大奖彩票还难呢。

啊，中了，我中了。

我正高兴得手舞足蹈，王飞人跑了过来，看到姚明卡，眼里放光，他集的卡快有一抽屉了，没一张姚明卡。

他眼馋地说，梅超群，你把姚明卡给我，我把瑞士军刀给你，咱俩换吧。

我说一边去，一边去，我的妙脆角卡要是集齐了，能值一万块钱呢，才不跟你换呢。

任小贝说，要想换姚明卡，除非是继续给俺俩当徒弟，要不门也没有。

王飞人头点得像小鸡啄米，说，当徒弟，当徒弟。说着把瑞士军刀往我手里一塞，夺过姚明卡就飞一般地跑掉了。

回到家，我闷闷不乐地把刀送给了老爸。

把你的小破刀换成瑞士军刀吧。

老爸接过来一看，眼睛冒光，说，俺单位小张有一把瑞士军刀，喝啤酒时起一次瓶盖就揣口袋里一次，我想摸摸都不让，生怕不还他。明天，我也请他喝啤酒，也不让他看。

老爸马上把钥匙链上的小刀解下来，把瑞士军刀安上去，刚要往口袋里塞，一想不对劲儿，就问我，这刀可贵了，你从什么地方弄来的？

我把失去姚明卡的事一说，老爸一听就乐了，啥破姚明卡，一点收藏价值也没有。

我白了老爸一眼，心想，我妈说他不是做生意的料，搞收藏光赔钱，这话一点也不假。

# 注意听讲

我们学校叫文庙小学，我们学校里有一棵神树。

这是一棵很老很老的大槐树。我们学校里为什么会有一棵很老很老的大槐树呢，因为我们学校在很久很久以前是一个庙，就是一大堆光头和尚住的地方。

我们学校里的这棵树非常非常老。就是因为有了这棵树，才在树旁边盖了一座庙，就是因为有了一座庙，才有了我们现在这个学校，要是没有这棵树，就没有庙，没有庙，就没有这座文庙小学，我也不知道在什么地方上学，就遇不上现在的同学和老师，我的同桌就不叫叶如镜，肯定是一个比叶如镜还美丽的女孩。

在很久很久以前，天边飘来了一大片黑云，整个天空变成了青灰色，阴沉沉的，然后就天降大雨，有一个老和尚来到树下避雨，看到这棵树洞里有一汪清水，就在树洞里养了三条小鲤鱼。老和尚本来是想把三条小鲤鱼放到小溪里去的，但是走到树跟前，他的肚子忽然很疼，想上厕所，看到树洞里有水，把鱼随手放在树洞里，就匆匆忙忙地跑掉了。过几天，老和尚又路过这里，发现很多老百姓在树下烧香许愿。过去人的烧香许愿就像现在吃生日蛋糕的时候点蜡烛许愿一样，都是说点异想天开的愿望，这些愿望基本上是猪八戒娶媳妇，净想好事。有一次我过生日时许了一个愿望，就是让我爸给我买一个带灯一闪一闪的滑轮鞋，我爸也没给我买，因为他根本就没听见我许的愿，许愿的时候都是闭着眼默念，别人根本就不知道。

老和尚一打听，原来老百姓看到树洞里有鱼，还以为是神树显灵了，就来烧香。

老和尚说要烧香得有地方，大家来盖一座庙，不就可以非常舒服地烧香了吗？大家一听非常对，就盖了一座庙让老和尚住，再后来，这个庙里没和尚了，就变成了学校。现在我们学校根本就看不见庙，只有一个石碑在一个不显眼的角落里立着。

有一天，我们这个地方的大街上来了一头大老虎。

大老虎不是都在动物园里关着的吗？它怎么能从大笼子里逃出来呢？

你们不懂，有一次我看见有个人去喂大老虎，他开开门，给大老虎一只白颜色的大公鸡，动物园里的大老虎光吃鸡，吃得好腻味呀，它不想吃鸡，它要吃人。大老虎一瞪眼，就去吃喂它饭的人。那个人忘记拿大老虎最害怕的长鞭，吓得扭头就跑，大老虎就出来追他，这可是我亲眼看见的耶。

我们正在听吕老师讲学校的历史，王飞人就来插嘴。

那，那跑出来的大老虎咋没吃你？柳娜娜胆子最小啦，真为王飞人担心。

王飞人撇了撇嘴。吃我？我是长跑冠军。我故意跑到老虎跟前，对大老虎招招手说，来追呀，来追我呀。我天天练长跑，老虎天天在笼子里慢慢走路，大老虎追不上我，累得上气不接下气，就像小妖追我累得上气不接下气的样子一样。我看见喂老虎的人拿着一根长鞭过来，就跑了回去，老虎追我追得一点力气也没了，喂老虎的人揪着老虎的耳朵就把它关在笼子里了，还把大公鸡抱出笼子，罚大老虎饿了一顿饭，我是那只大公鸡的救命恩人呢。

我们都听王飞人讲故事，不听吕不凡讲故事，吕不凡很生气。吕不凡说王飞人闭嘴，别捣乱，我讲的街上有大老虎的事是很久很久以前的事，那个时候是还珠格格生活的时代，是清朝，我们这个城市当时根本没有动物园。

那只清朝的大老虎跑到大街上后，把人吓得全部跑回家，咣当关上门，躲在墙角打哆嗦。后来，大家发现大老虎不见了，大街上静悄悄的。看到大老虎害怕，看不到大老虎更害怕，大家上大街走路都提心吊胆，生怕大老虎从墙根或者什么地方突然蹿出来，“啊呜”一口被咬死。

正当大家惊慌的时候，大老虎现身了。有一天傍晚，一群小和尚在我们学校这棵大槐树下听老和尚讲怎样念经的课，看到树上有两盏绿色的小灯在闪光，定睛一看，原来大老虎卧在大槐树的树枝上也在听课。小和尚们吓得炸了窝，可老和尚却神情自若地继续讲经，小和尚们只好心惊胆战地在大老虎的注视下听课。后来，大老虎听了经就没影了，谁也不知道跑到什么地方去了。

老和尚圆寂后……

老师，什么叫圆寂呀？

就是老和尚死了的意思。伟大的人死了，叫逝世；英雄死了，叫牺牲；一般的人死了，叫去世；和尚死了，叫圆寂。

呕，我圆寂了。王飞人大叫一声趴在课桌上装死。

呕，我也圆寂了。鲁笛子大叫一声趴在桌子上装死。

呕，我们都圆寂了。全班的人都趴在课桌上装死。学习实在是太累了，装一会儿死很舒服。

我偷偷瞅了一眼鲁笛子，刚要活过来，他的手指头变成一把手枪，啪地给了我一枪，我只好捂住胸膛又趴在桌子上。

注意听讲。吕不凡将黑板擦当成惊堂木，把讲桌拍得嘭嘭响。但是，我们都圆寂了，圆寂了就啥也听不见了。这时候下课铃响了，吕不凡想给我们讲学校神树的事也讲不成了。

你说，老和尚圆寂以后怎么了？我问周小雨。

周小雨是班长，我们不懂的问题她要负责解答。周小雨有一个小本，收集了很多好词，作文在我们班上第一。她说，老和尚圆寂后，化成了一个散发着槐花淡淡香气的小仙女，住在大槐树上，大槐树就变成神树了。

对，肯定是这个样子。

我们都认为班长的见解非常高明，偏偏作文写不成样的任小贝不同意。他说，大槐树变成神树是因为老和尚没有变成小仙女，而是变成了打虎大将军武松，住在树上，大槐树就变成神树了，现在我就是打虎英雄，我就是老和尚！

说着，任小贝一下跳在桌子上，弓着腿，胳膊伸得长长的，摆出很酷的武术架子，把我们都吓得圆寂了。

为了证明他是真的打虎英雄，任小贝拿来了一张照片。任小贝真的骑在大老虎的背上，高举着铁拳头，大老虎在他拳头下低眉顺眼不敢动。原来他去一个地方旅游，花十元钱就可以骑着老虎照相。

现在的老虎可能是听了老和尚念经，变得和猫咪一样乖了。

应该把任小贝、薛立和一大堆厉害的人都关在庙里，让他们都去听老和尚念经，都从大老虎变成乖宝宝，然后我们学校里就没有比我厉害的人了，我就成了班里的大王，让他们干什么他们就得干什么。

我真想许个愿，让老和尚再来我们学校一趟。但是我知道，许愿的结果就是跟没许一样。

## 养花

林青皱着眉头的样子很好看，像一朵水仙花。

她听她小姨说林黛玉皱着眉头的样子很好看，就变得爱皱眉头。

她一皱眉头王飞人就得去安慰她，这已成惯例。

我们其实也很想去安慰她，但是，我们的脸皮很薄，只好很眼馋地让王飞人代表我们去安慰林美人。

有一天我爸撺掇我妈去找她的经理要求长工资，我爸说，现在是脸皮厚，能吃肉，脸皮薄，吃不着，你去找经理长工资，就算是长不了工资，他也总觉得欠你点什么。我妈就撺掇我爸去找他的馆长要求当官。我爸说，不去，要是馆长说我是官迷就坏菜了。结果我妈没有长成工资，我爸也没当上官。

因为我爸我妈脸皮薄，所以我的脸皮就很薄。

因为王飞人他爸的脸皮厚，王飞人的脸皮也很厚。王飞人他爸跟林青他爸是同事，林青和王飞人是青梅竹马，从小就在院子里的一个健身器材集中的地方玩打秋千啥的。

王飞人他爸看到林青就问王飞人，你们班是不是林青最好看？王飞人说不是，叶如镜最好看，因为林青对别人很温柔，就是不对王飞人温柔。有一次，王飞人想用林青的橡皮，林青给了王飞人一个白眼，不搭理他，王飞人很摸不着头脑。林青不搭理王飞人是有原因的。有一次，王飞人他爸对林青他爸说，让林青给我们家王飞人当媳妇吧，林青他爸就笑嘻嘻地说行。林青听见了他们的谈话，就对王飞人很厉害。一般情况下，当老婆的都得比老公厉害，就像我妈就比我爸厉害一样。

王飞人蒙在鼓里，不知内情，一怒之下，就给林青起了个外号叫“狐狸精”。因为林青细长的眼睛有点向上挑，还很亮，就是有点像狐狸。王飞人平生第一得意之事就是给教常识的常老师起了个外号，叫蛇精；平生第二得意之事就是给林青起了个外号叫“狐狸精”，得到了大家伙的一致认同。

因为王飞人给林青起了个外号，他就能放心大胆地安慰林青，林青就放心大胆地让王飞人给她讲好听的话，而不被我们叫他俩“小两口儿”。

话说林青皱着眉头在想事，我们都想去关心关心她。我们刚想到去关心关心她，王飞人已经跑过去关心了。

林青这一次皱着眉头不是玩深沉，而是真的有心事。星期天，她去姥姥家玩，正好遇上姥姥和邻居吵架。林青姥姥家的邻居也是一个老太婆，这个老太婆有一个爱好，就是爱养花。她养花养得太多了，花盆摆得到处都是，自己家放不下，就放在林青她姥姥家门口，林青姥姥出门的时候不小心让花盆绊了一个屁股蹲,就让养花的老太婆把花放在别的地方,养花的老太婆不干,就吵了起来。现在,林青姥姥不能出门,看到门口摆的花就憋气。

这个老太婆太不讲理了,看我去把她的花盆砸了。王飞人气愤地挥了挥细胳膊。

你的胳膊太细了,还是让我去吧。你们说我是带一把大刀呢,还是带一杆红缨枪?要不我穿一身夜行衣,带一把飞刀,等那个老太婆一露面,我"啵"的一下,老太婆就一命呜呼了。任小贝总爱把自己想象成一个独行侠。

我说要不咱们一起去吧。我的胆子小,好像是人越多,胆子就越大。

放了学,我们跟着林青到了她姥姥家,林青姥姥家门口就像是一个小花园,到处都是花盆。不过这些花盆很破烂,种的花也是鸡冠花、紫罗兰、指甲草啥的。

柳娜娜说林青,你们家的花可真漂亮呀。

林青说,啥呀,这不是我家种的花。

由于任小贝没拿红缨枪,我们的胆子就变小了,要是把花盆砸了,公安局的人要把我们抓起来关在监狱里咋办?

周小雨说要是你们家种的就好了,我想掐几朵指甲草染红指甲。

王飞人说要不咱们当一回小偷,把花偷走自己养吧?

周小雨说算了吧,咱还是向奶奶要一点吧。

周小雨走到林青姥姥的邻居家敲了敲门,出来了一个白头发的老奶奶。周小雨说奶奶,我们帮你浇花,你让我们掐几朵指甲草染红指甲吧。

老奶奶说行。

任小贝就指挥王飞人浇花,因为王飞人是他的徒弟。林青害怕帮邻居浇花被姥姥骂,只拿了一个小水盆。王飞人浇了半天,累得腰都折了。

王飞人蹲在地上说,不行了不行了,腰都累折了。林青其实你家真是有福气呀,有人免费给种花,自己光看就行了,真是有福气。

周小雨对老奶奶说,我得摘十朵花,因为有十个手指头要染红。

柳娜娜说我也要摘十朵,我也是十个手指头。

老奶奶说，算了，我也不干费力不讨好的事了，你们要是喜欢花，就拿回家自己养吧，我也懒得和邻居怄闲气。

我们高高兴兴地一人抱一盆花回家。

林青也很高兴。

林青的姥姥也很高兴。

王飞人说林青的姥姥真是老糊涂了，要是有人免费给我种花就好了，等我长大挣好多好多钱，就盖一个大花园，用十个园丁来种，省得自己累得腰疼。

任小贝就训他说，我师父说过，小孩子没有腰，你顶多是肚子后面疼，别装了，赶快走。

我们一人抱了一盆花，还没走多远，王飞人就走不动了。因为王飞人抱了一个大花盆，大花盆里只有一棵小花。王飞人的细胳膊直打战，咚的一声把大花盆放在地上，差一点把大花盆蹾成两半。

王飞人说，啥破烂花，我不要了，我也不染红指甲。任小贝说不行，你不染红指甲，班长染，你必须得把花搬回家，等班长的红指甲不红了，你再把你的花掐下来，送给班长。

王飞人只好把花盆搬起来，弯下腰，刚走两步，就又走不动了。

我们都搬不动，都弯下腰晃着走，像一队鬼子的伤病员，都怪花盆太沉了。

这时候我看见一个收破烂的骑着三轮车晃晃悠悠地过来了，仔细一看，原来是老张。

我连忙喊，老张，老张，帮帮忙，帮我们把花运到文庙小学，我给你五元钱。

老张非常惊奇地说，咦，你咋认识我？

我说不但我认识你，我爸也认识你，你收破烂的名气非常大。

我认识老张，使老张感到脸上非常有光彩。他的胳膊很有劲，把我们的花盆都装上车，给我们送到了教室门口。

我给老张钱，老张不要，他说算啦，给朋友帮忙不能收钱，有用得着我的地方，就吱声。说完老张就骑着三轮车晃晃悠悠地走了。

我们就决定把花放在教室里养，这样我们男生就不用费劲浇花，女生掐花染红指甲也方便，大家都满意。

## 魔法石

我奶有一块红白相间的宝玉石，刻的是一只白色的小马，小马的背上趴一个红色的小猴，这种雕刻叫马上封侯，就是马上就能当一个大官的意思。

过中秋节的时候，我妈给我奶买了一件漂亮的风衣，我奶一高兴，就把这个小马送给我妈，说这是传家宝。按照规定我妈得传给我媳妇，这得等很长时间。我妈就对我爸说，梅花呀梅花（我爸的名字有点像女的，因为我爷爷姓梅，我奶奶姓花，我爸的名字就叫梅花），怪不得你一直当不上官，原来你家都是女的拿传家宝，男的怎么能有出息呢？这块宝石我就传给你吧。

我爸说这可不行，传家宝都是长辈传给晚辈的，你传给我，就是想当我妈，简直是大逆不道，要不是先传给梅超群吧，等梅超群当了大官，再传给我孙子，子子孙孙传下去，打不尽豺狼，绝不下战场。我妈说对对对，传给媳妇，不如传给儿子，就把小马用很结实的红绳拴牢，像戴项链似的给我套在脖子上。

这块玉真是一块通灵宝玉，跟《红楼梦》里贾宝玉的玉有一拼，像哈里·波特魔法石的魔力一样大，我得到这块玉石不出三天就当上了一个大官，这可真不容易。

那天，我们班值日。我对我爸说，明天学校要开大会，早点叫我上学做值日，要不把学校操场上的树叶扫干净，吕不凡非把我吃了不可。

我爸这个人有个毛病，就是喜欢跟我别劲。我要是不在学校打扫卫生，他就唠叨说，劳动创造了人，小孩儿要热爱劳动。我要是非常热心地为班集体服务，他就把劳动的标准提高，说要是真的爱劳动就得在家里也劳动，在学校里劳动就像是在T型台上“作秀”，有个小孩儿在家里不洗碗，在人多的地方扫地，就是一种表演。

我爸是个两面派，他嘴上说不喜欢表演，其实是喜欢。有一次，我跟我爸去公园玩，碰上了一个女的，我爸说我会表演京剧，让我表演一段，我只会在家里面表演，不会在公园表演，就躲在我爸的腿后面不出来。那个女的就说算啦，别表演了，给了我一枚泡泡糖。那个女的走了，我从我爸腿后面转出来，我爸咬牙切齿地抱住我的腰，把我悠起来横着飞了三圈，说你这个小坏蛋，你这个小坏蛋，不让你表演你瞎表演，让你真表演，又不演了，真是气死我了，气死我了。刚才那个阿姨是剧团里的名演员，我爸想让她鉴定鉴定我适不适合演戏，她肯定不好意思说我不适合演戏，只要我一开张表演，我爸肯定得意扬扬，心花怒放。

那次我没让我爸得成意，他就很无聊，把柳树的叶揪下来好几片，就像画了一张画，没人观赏的心情一样。我知道我爸肯定会说我躲到他腿后面，没出息。我为什么躲到他腿后面不出来表演，我也不知道，表演是我的事，我想啥时候表演就啥时候表演。我爸强加于人的想法非常不好，他自己做不到的事，干吗非得要求我做到？我要拉着他，让他在公园里给叶如镜唱一段京戏，他肯定也不唱。

我最烦的就是我爸动不动就说我表演。

要是考试不及格，我回到家就阴沉着脸，把书包摔到床上，坐在床边抹眼泪。我妈一见就会劝我，这次没考好不要紧，咱下次考好就行了呗。我听了妈妈温暖的话，更哭得吃不下饭。就说不吃饭了，不吃饭了，我非每天学习到晚上十二点，不，学习到晚上三点钟再睡觉。

我妈就感动得掉下眼泪，说宝贝儿，人是铁，饭是钢，一顿不吃饿得慌，咱先吃点东西再学习。

我就背诵我爸重复很多遍的话。三更渔火五更鸡，正是男儿立志时，少壮不努力，老大徒伤悲，我非追上周小雨，考个第一名给你们看看。

这时候，我爸肯定会说，上次考得不好，只发奋了一天，劲儿就过去了，这次就别表演了，省省劲，快点来吃饭。

我就哇哇大哭，气愤地说，谁表演啦，根本就没表演。

我妈就更加气愤地批评我爸，别在这儿瞎咧咧，俺孩儿正不好受呢，你还说俺，你别光顾自己吃饭，快点来劝劝。

我爸听说我值日，就说，自己的事自己操心，要是起晚了也不要紧，你不去扫地有人扫，地球离了谁都照样转。

我说啥照样转不照样转，要是你让我迟到，吕老师是让叫家长的，你只要不嫌麻烦。

我爸最爱睡懒觉。

第二天，我睡得迷迷糊糊的，被老爸叫醒了。他惊慌失措地说，梅超群，梅超群，快快快，快八点了。

我非常生气，叫你早点早点，你非不早，现在人家早值完日了，我去了吕老师非吵我不可。我爸说我现在就给你写条，写不怨你，行了吧。

我把爸爸写的条像护身符一样装在铅笔盒里，很郁闷地上学。

到了学校，竟然没人。原来老爸把快六点看成了快八点，耶，我没迟到，原地跳了个高，就像丢掉的钱包又找到了，非常高兴。

我哼着小曲，兴致勃勃地扫地，把我们班的清洁区都扫了，扫得满头大汗。这时候，我们校长正在操场上跑早操。因为校长家就在学校后面的一个小院子里住着，他每天都要跑早操，看到我非常热爱劳动，就把我的名字记下来，让学校广播站表扬我。

吕老师听到我的先进事迹以后，就决定让我当班里的一个第三大的官，就是劳动委员。

我长这么大，还没有当过一回官。

我们家也没有人当过官，只有表妹王颖颖在幼儿园里当过一回学习委员，而且是轮流的，当了一星期就不让当了。

我们班里原来的劳动委员叫李小东，他老让我们干活，自己不干活，然后就像工头一样检查，我们都很烦他。

当官跟不当官就是不一样。李小东给我一个能摁出光的钥匙牌，说放学后想早点回家，你可别告诉吕老师呀。

我把钥匙牌装到兜，像吕老师收到了一个请假条一样，很威风地挥挥手说走吧走吧。

鲁笛子拍了拍我的肩膀，说哥们儿，你们先干着，我去给你们买珍珠奶茶。我挥挥手说去吧去吧。

等我们干完活，鲁笛子也没出现，鲁笛子说的话只能听一半，我老是相信他，老是上当受骗。

叶如镜那一拨儿女生对我这个第三大官有意见，并对我的管理能力非常怀疑，说我当劳动委员乱当家，让她们又多干活，又没喝上珍珠奶茶。

我兜里只有五元钱，只好掏出来买了三瓶珍珠奶茶，请大家伙喝了，大家伙都没意见了。

当大官的感觉好是好，就是太累心。我回家后，决定把魔法石传给我爸，让我爸当大官，我爸要是校长就好了，我就是校长的儿子，跟在爸爸后面跑早操，看到谁爱劳动就让谁当官。我站在鲁笛子面前，还没发怒，鲁笛子就吓得腿肚子转筋，说我想上厕所。不行。我厉声打消了鲁笛子想逃跑的念头，说鲁笛子，你说买珍珠奶茶，买到自个儿家里面了吧。鲁笛子吓得缩着脖子，不敢撒谎。我罚鲁笛子买一大箱珍珠奶茶，我们班的同学一人一瓶，大家喝完奶茶，高举着空瓶子欢呼雀跃，一致推举我当班长，在班里的官职比周小雨还大。

# 流浪猫

鲁笛子看见一只大黄猫趴在一幢楼的地下室窗口旁边叫它儿子。

大黄猫很着急，大黄猫的儿子也很着急。原来小黄猫掉到地下室里爬不出来了。

鲁笛子趴在地下室不到半尺宽的窄窗口往里瞧，黑咕隆咚的，什么也看不到，只听一只小猫在焦急地咪咪叫。

鲁笛子找到一根粗草绳，从窗口垂下去，说，猫咪，猫咪，你抓紧绳子我把你救出来。

鲁笛子一着急，把猫咪当成人了，猫咪只会顺杆爬，不会顺绳爬。

鲁笛子正急得一头汗，一个漂亮阿姨，拉着一个小男孩走过来说，小孩儿，你啥东西掉俺家的地下室里了。

鲁笛子说有只猫掉下去了。

漂亮阿姨带着鲁笛子从楼道里打开地下室的门，看到墙角有一只蓝颜色的小猫，它的妈妈是黄猫，可它是蓝色的，它身上的颜色比《蓝猫淘气三千问》电视里那只蓝猫的颜色浅，脖子下面的毛是白色的，像一只小绒球。

鲁笛子正要去捉小猫，没想到漂亮阿姨的儿子身手比他快，因为他脚上绑着一副滑轮，一下就滑到小猫跟着，抱着小蓝猫不撒手。

漂亮阿姨说，这是哥哥的猫，快还给哥哥。可是小男孩儿不讲理，就会说不给不给。

鲁笛子说，你拿着小蓝玩，小蓝的妈妈大黄见不着儿子该着急了，咱们把小蓝还给大黄吧。

他们走出楼道，到窗口外面一看，大黄猫没影了。漂亮阿姨说，小朋友，这只小猫我们替大黄养着，要是大黄来找儿子，我们就把小蓝还给大黄，好不好？

鲁笛子同意了。

过了十天，鲁笛子十分想念小蓝，就拉上我一起去找小蓝玩。

到了漂亮阿姨家，漂亮阿姨的儿子帅帅正在哭，原来小蓝不吃东西，快死了。漂亮阿姨说她天天给小蓝喝牛奶，可小蓝就是不长个，病恹恹的，瘦得像只小老鼠。

漂亮阿姨说，咱们不养小蓝，把小蓝还给大黄吧。

鲁笛子说大黄不晓得跑到哪儿了，怎么还呢？

漂亮阿姨说大黄和它三个儿子在小树林里，前天她领帅帅去还小蓝，可是大黄一瞅见他们就跑了。

我们带着小蓝走到小树林前面，漂亮阿姨带了个望远镜，我们远远地看，大黄正在晒太阳睡觉，旁边有三个小猫咪在打闹，长得比小蓝大一倍。

这时候，有一个小黑狗跑过来，看到三个小猫在追一个脏乎乎的球，就上去抢，小狗比小猫劲儿大，一下就把球抢到嘴里，刚想逃跑，大黄听到儿子的叫声，在空中来了个猛虎下山势，弓着腰，冲着小黑狗发威。小黑狗不舍得放下球，转身就跑，大黄用尾巴一抽，把小黑狗打了一溜滚儿，三个小猫冲上去把球夺了回来，小黑狗看它们不肯跟它玩，就跑远了。

大黄就趴到地上又睡着了。

我们刚走近点，大黄睁开半只眼睛瞅了瞅，懒洋洋地摇摇头上的土，一个猛子就蹿到树上，三只小猫也蹿到树上，又从树上跳到一个平房上，转了个弯就没影了。

当个流浪猫很是自由自在，想去哪儿玩就去哪儿玩，想睡多久就睡多久，心情愉快，长得就壮实。小蓝被圈在家里，不晒太阳，不活动，刚想睡会儿，就让帅帅揪着尾巴拎起来，加上天天想妈妈，心情不好，就长不大。

鲁笛子说阿姨，要不让我养小蓝吧，我天天让小蓝跟着我跑步锻炼身体。

我说不能让鲁笛子养，他就爱睡懒觉，不如让王飞人养，他天天跟他爸跑步。

鲁笛子说，让王飞人养，他一天跑三千米，把小蓝累得吐血，他肯定嫌小蓝偷懒，趁小蓝上气不接下气的时候，飞起一脚，把小蓝踢到天上，掉到地上就死了。

鲁笛子说着就躺到草窝里装死。

帅帅不想要小蓝了，他把小蓝往地上一扔说，我不要了。

鲁笛子爬起来说，那还是我养着吧。

鲁笛子刚想去捉小蓝，谁知大黄不知从什么地方钻了出来，用嘴叼着小蓝就跑了。我跟鲁笛子马上去追，大黄爬上树，从空中来了个鱼跃，抓住一个树枝，又抓住一个树枝，就跑没影了。

回到家，我端着碗愣神，我爸说，梅超群你发啥愣呢？

我说小蓝也不知道能活不能活，晚上没被子，小蓝肯定让冻死了。

我爸说，养狗吧，狗不爱逃跑，天天在家看门，见到小偷就叫唤，你打也打不走。小猫就不爱在家待着，就爱到外面流浪，你给它吃好东西它也要跑。我爸小时候就养了一只爱逃跑的黑白猫，因为它身上是黑的，四只脚是白的，这叫四蹄踏雪，我爸把他不舍得吃的鸡腿让踏雪吃，它还逃跑，我爸冒着生命危险爬上房把它抓回来，它还逃跑，我爸把他一只心爱的小铜铃送给它，它带着小铜铃还逃跑，我爸大怒，就把踏雪用绳子拴在桌子腿上。晚上，踏雪的女朋友来找它玩，我爸也不让它出去，踏雪一气之下，天天像小毛驴一样绕着桌腿转磨磨，后来就害了一种肚子很大的病，吐出一大口血，就气死了。

我爸说，小蓝在外面流浪着，肯定心情舒畅，在外面喝凉水，也比在家里喝牛奶强，小蓝肯定死不了。

小蓝肯定钻在妈妈怀里，睡得甜甜的，因为小猫最愿意自由自在地生活。

>>>>>> PART 3

# 小狗点点

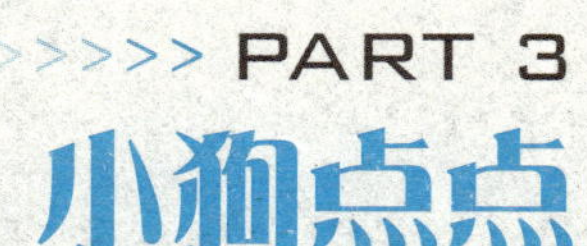

我抱着点点就往家里跑，白雪公主爬起来要追我，可是一只脚高一只脚低，走不稳路，大白狗在后面愤怒地叫，也没办法，因为摩托车很沉，它拖不动。它更不明白点点是一只神犬，比它厉害多了。

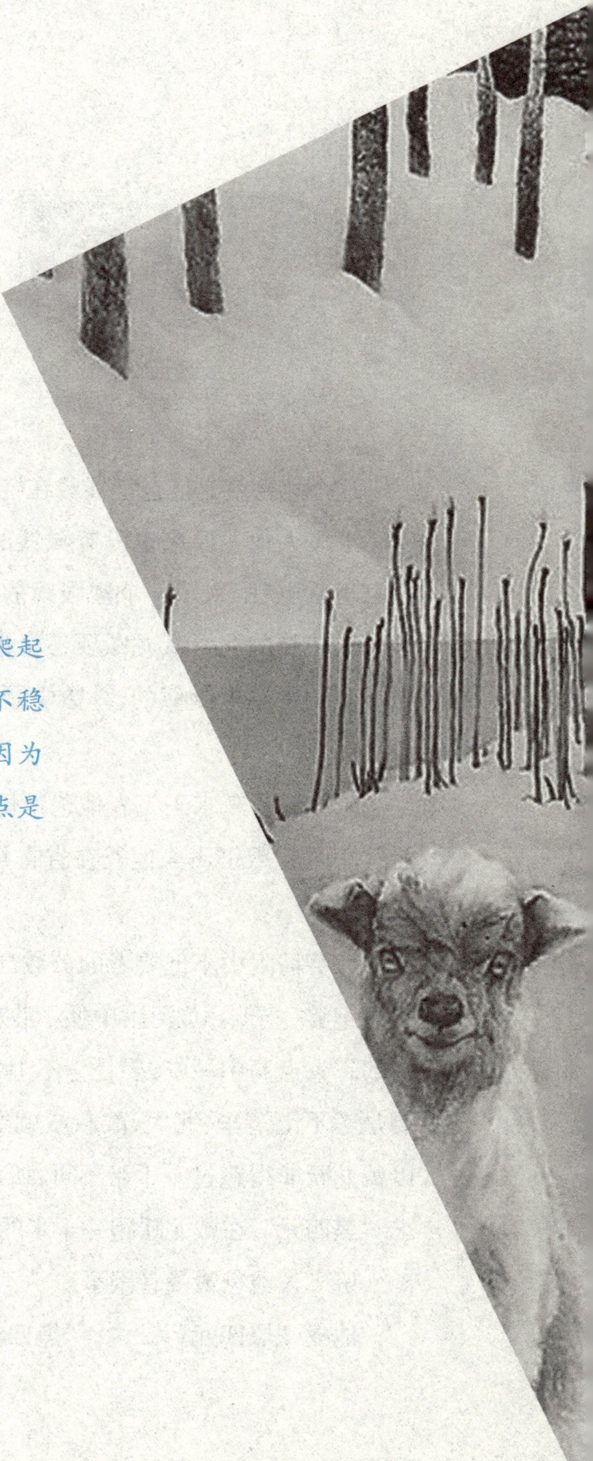

# 鞋窝事件

王飞人发现了一个秘密。

这个秘密就是他爸把钱藏在鞋窝里了。

王飞人他爸原来也没有藏钱的习惯。就是因为有一次,王飞人他爸正在家里看电视,来了一个戴眼镜的叔叔,这个叔叔姓戴,是王飞人他爸的同学。戴叔叔的儿子戴龙跃要考全市最棒的黄河附中。戴龙跃学习倍儿棒,脑袋瓜长得跟电脑似的,算数学题就像玩儿似的,可就是太胖了,跑得像蜗牛一样慢。

戴叔叔是来求王飞人他爸帮忙的。原来黄河附中的体育老师叫“黑四元”,小时候跟王飞人他爸在省青年队一起踢过足球,现在还经常在一起踢着玩。

考黄河附中不但要考的分数高,而且要跑一千米,要是不能在规定的时间里跑够一千米,黄河附中便不收你。戴龙跃要是考不上附中,就考不上最好的省重点高中一中,要是考不上省重点一中,就考不上清华、北大,戴龙跃要是考不上清华、北大,戴叔叔就要气得跳河。这可是人命关天的大事,所以戴龙跃非得跑过一千米不可,所以戴叔叔就求王飞人他爸,让王飞人他爸求“黑四元”,在戴龙跃跑一千米的时候胡乱按按秒表,让戴龙跃过关。

王飞人他爸最爱管闲事。

他找“黑四元”一说,“黑四元”说戴龙跃跑得太慢了,如果一下跑五个小孩，掐秒表时不好掐，要不干脆让王飞人来跑得了，反正考官不说王飞人替戴龙跃考，别人也不知道是咋回事儿。

王飞人天天练三千米，跑一千米就跟玩儿似的，大胖子戴龙跃不用跑步，就以最优异的成绩考上了黄河附中。

戴叔叔乐得很，奖励王飞人一辆电遥控有铁轨的小火车。

戴叔叔还要请客上玉泉楼大宾馆里吃饭。王飞人他爸说，我跟四元那是钢哥们儿，小意思，有事您说话，不用请客，不用请客。戴叔叔就感激不尽地回家了。

王飞人他爸嘴上说不用请客，但是求人办事非得请客不可。王飞人他爸就自己掏钱请“黑四元”上大宾馆里大撮了一顿。王飞人他爸从宾馆回到家，油嘴还没擦干净，就让王飞人他妈发现了。因为他家放钱的抽屉里少了一千元钱。王飞人他妈发现钱少了以后，怒发冲冠，跟王飞人他爸大吵了一架，说让王飞人作弊，要是让人抓住，王飞人的前途不就毁了，还自己掏钱请客，你真是个缺心眼儿。

王飞人他爸说，老娘们头发长见识短，为朋友要两肋插刀。王飞人他妈就大怒，马上使用了绝招。王飞人的绝招是“小王飞刀”，王妈的绝招就是跟王爸的妈，就是王飞人的奶奶告状。让王奶狠数落王爸，狠数落王爸，王爸气得七窍生烟，也不敢跟他妈妈发脾气。王飞人他妈哼着小曲美滋滋地去美容，王飞人他妈一生气就要去买衣服，一高兴就要去美容。等王妈去美容，王爸就对王奶说，你别跟着搅和中不中，你咋老让人家当枪使呢？王奶就说，我也不想嚷嚷你，可你媳妇来告状，我不是做做样子嘛。王奶对儿子说，要不你留个心眼儿，偷着存点钱，办什么事花自己的钱，不就没事了。

王飞人他爸听了妈妈的指点，暗暗点头。

王飞人他爸的藏钱地点原来在床铺下面，后来感到不保险就塞到鞋窝子里面。王飞人他爸的脚很味，没人愿意检查他的鞋。

有一天，王飞人钻到他爸床下面乱找一气。王飞人就愿意在他家床下面乱找，而且运气不错，不是能找到一本漫画书，就是能找到一块钱。王飞人找来找去，发现他爸的鞋窝里有一大沓钱，就像一个穷人中了大奖，高兴得心花怒放，马上把钱转移到自己的鞋窝里。

王飞人有了钱以后，就像富人一样兴奋。他把一大沓钱拿给我们看，我和任小贝的钱加起来，才七元钱，没有他的钱多。我的压岁钱让我妈没收了，要不是我也有这么多的钱。我们放学后，就去逛超市，我们蹲在地上，正在研究买什么好东西，超市里的一个年轻的小营业员一直盯着我们看，她很怀疑我们三人是小偷。我们走到哪里，她就跟到哪里。王飞人把钱掏出来给她看，看我们有这么多钱，不是小偷，你别跟着我们。

那个小营业员只好不跟我们。但是她跟一个大营业员嘀嘀咕咕，四个眼睛一直盯着我们，看得我们心里发毛，超市里有冷气我们也冒汗，好像是真的变成了小偷。任小贝是掌门，他站起来，冲我们一挥手，说，撤退，我们就跑出了超市。

王飞人只好请我和任小贝去一个卖炸串串香的小店里吃炸鸡腿，连吃了三次炸鸡腿，还要请我们吃炸鸡腿，我和任小贝请求换成巧克力，王飞人不愿意，他就觉得炸鸡腿好吃。后来，我们一共吃了三十六个炸鸡腿，王飞人才同意换成巧克力。

后来，我们一人吃了两盒德芙巧克力，两盒金帝巧克力，王飞人他爸才破案。

王飞人他爸发现钱不见了，还以为王飞人他妈拿走了，也不敢吭气。后来，一直不见媳妇找他算账，才觉得情况不妙。他在家里像王飞人一样胡乱找东西，发现王飞人桌子上、床下面扔满了巧克力包装纸。就在早上跑步的时候问王飞人。王飞人你吃的巧克力是谁给买的呀。王飞人说，我自己买的，我在咱家里的一个破鞋窝里捡了好些钱，回头我也给你买一盒。

等回到家，王飞人他爸承认自己在鞋窝里藏了钱，管王飞人要的时候，王飞人已经把钱花得只剩五十元了。王飞人哭丧着脸，把一张皱巴巴的钱从鞋窝里掏出来，还给了他爸。

王飞人他妈听说后，又气愤地找婆婆告状，说你儿子真有本事呀，把小金库放在臭鞋窝里，钱让王飞人买成巧克力吃了。王奶搂着王飞人笑嘻嘻地说，俺王飞人真有本事呀，自己会买东西吃了，真是不简单哟。

王飞人他妈就说，你爷儿俩都胡乱花钱，我也不节约了。说完，就理直气壮地上大街给自己买了一件早就想买的红裙子。

等王飞人他妈上街购衣服，王奶就恨铁不成钢地对王爸说，你呀，咋把钱藏到鞋里，真是缺心眼儿。

# 钓猴

教美术的老师姓吴。

吴老师是一个留着山羊胡子的老头儿，他不但是我们的老师，还是区里一个老年美术家协会的秘书长。吴老师最喜欢画猴，他发明一种撒盐的画法，就是在画纸上撒一把盐，画出来的猴毛就像真的一样蓬松。

吴老师已经退休了，可是他不愿意在家里休息，就愿意教我们美术。我爸认识吴老师，因为他们文化馆要是办展览啥的，还请吴老师把自己的画拿出来挂给大家伙看。我爸说吴老师真是个大傻瓜，退休了竟然不休息。他最愿意退休，要是退休了，就不用上班，也不用看馆长的脸色，天天在家里面喝鸡汤睡大觉。我妈就说，那是个猪，猪才愿意整天睡觉。我爸就说今年是猪年，人家为了当金猪宝宝，都憋着不生小孩，非得等到猪年才生。我说，我也想退休，退休就不用上学，天天在家里玩多得劲。我妈就语重心长地说，梅花呀，梅花，你天天就会当着孩子的面胡咧咧，要是梅超群学习退步了，你要负全面的责任。

我爸就改口说,谁愿意退休呀,谁都不愿意退休,我最愿意上班了,人人都得有事业心。我要是真的退休以后也不在家睡懒觉,天天去收集小画书,为国家的文化事业做贡献。

人跟人就是不一样,我爸就是懒惰,才一事无成。看人家鲁笛子他爸,天天在家里教徒弟,赚了一大堆钱,他家里有一辆小汽车。人家周小雨她爸自己开了个工厂,她家有一幢大别墅。不过越有钱的人越小气,周小雨她爸很有钱,还让周小雨骑一辆破自行车,也不嫌丢人,要是再给我丢人,我就不让她当我姐。

吴老师是名人,他最热心在学校里搞画画评比,想让我们也当名人。因为吴老师很喜欢我们班,他就给我们班里的人都打十分,给别人班打五分。有一回,林青的一张水彩画快画完了,一不小心该涂成蓝色的河面给弄成红的啦。林青莫名其妙地瞅着笔尖发怔,气得眼睛都蓝了,成了欧洲人。吴老师走过来,捻着山羊胡子频频点头,说嗯,不错,很不错,用色很大胆,有新意。

林青是个才女,不但会跳舞,会弹古筝,现在胡乱画一下下,美术也成第一名了,为啥别人不费劲就能得第一呢,这真让人百思而不得其解。

吴老师是画猴的大师。

吴老师之所以爱画猴是因为他小时候当过一回猴。

那时候公园里有一座猴山。其实猴山就是在地下挖一个很大的大池子,在大池子里用石头堆成两座假山,在假山之间有很多铁索,小猴子们就在铁索上跑着玩。

小猴子不用学习,它们的主要功课就是捉虱子。一个小猴子把另一个小猴子摁在石头上,像理发员一样用手理发,捉到虱子就闪电般放到嘴里,像嚼盐豆子一样吃得津津有味。小猴子还爱玩打秋千。小吴老师小到只有六岁的时候,跟他的邻居大哥到猴山钓猴。就是把一根绳子顺着大池子边放下去,小猴子就抓住绳子头不撒手,小吴老师他们就往上面猛提,小猴子可精，每次吊到半空，就撒开手跳回去。有一回，有一只小猴快被拉到地面上了。小吴老师那时候特别想要一只小猴玩，他激动地扑过去捉小猴，谁知小猴没捉着，他却一头扎向猴山。小吴老师要是从大池子里摔下去，非把腿摔断不可，因为他没有吕不凡飞檐走壁的绝技。

这时，猴王出现了，猴王就是像孙悟空一样武艺高强的猴子。猴王的毛很光亮，长得又壮实又威风。它像箭一样飞过去，在半空中接住像一片树叶下落的小吴老师，钻到山洞里去了。

猴山上有很多洞，就像花果山的水帘洞。

猴王放下小吴老师，一下跳到小吴老师前面的石头上，冲着小吴老师挥着拳头，大吼大叫，小吴老师觉得很好玩，也冲着猴王挥着拳头蹦蹦跳跳。

猴王不发脾气了，它抱着小吴老师在小吴老师头上捉虱子，可是小吴老师很讲卫生，头发里没有虱子。猴王没有捉到虱子请小吴老师吃，感到很过意不去，就把别的小猴送给它吃的一只香蕉送给小吴老师吃。小吴老师吃了香蕉后，猴王就领着他在猴山里视察，别的小猴见到猴王很害怕，只有一只很小很小的小小猴不害怕，它拉着小吴老师到假山下面找吃的，他俩找了一只水果糖，小小猴把糖咬两半，塞到小吴老师嘴里一半。小吴老师在家里，光让妈妈吃他的剩饭，他不吃别人的剩饭，现在吃了小小猴给他分的糖，心里面感到甜丝丝的。

带他来玩的邻居大哥哥去找猴山的管理员来营救小吴老师。管理员很狡猾，他带来了一大筐玉米面蒸的发糕，扔到秋千架下面，趁着猴王带领小猴们开饭，抱起小吴老师就往猴山角落的一个小铁门里面跑。小小猴发现了，揪着小吴老师的鞋不撒手，管理员急得给了小小猴一脚，把小小猴踢了个筋斗，小小猴抱着小吴老师的鞋，眼睛里面泪汪汪。小吴老师也哭泣着踢蹬着小细腿不想走，可是管理员的胳膊很有劲，把他抱出来了。

小吴老师很怀念在猴山的日子，长大以后就只爱画猴，他画猴的时候，觉得自己成了一只有仙风道骨的猴，在山间丛林里神游。

# 吊死鬼

任小贝迟到了。

任小贝脸上红彤彤冒热气,手里捧着一个可乐瓶子跑了进来。

下午第一堂课是常识。

教常识的常老师是一个美女,虽然有点儿偏心眼儿,被王飞人喊成了"蛇精",但是对我们很友好,迟到会儿也没啥。要是胆敢在教英语的魏麻子魏老师课堂上迟到,魏老师立刻就会暴跳如雷,把你吓得想上厕所。现在魏老师已经不爱哭了,而且练得两眼如电,她的眼睛像雷达扫描一样向班里一扫,我们就像掉到水里的苍蝇,嗡嗡声就逐次减弱,直至悄悄地被淹死。

常老师看到任小贝手里的可乐瓶里装了半瓶子泥就说,任小贝,你天天光玩吧,光玩吧,是不是挖蚯蚓去了,你才钓了一条小鲤鱼就闹得全班都知道了,还想去钓鱼是不是?

教任小贝武艺的师父叫"三刀","三刀"现在迷上了钓鱼,他交给任小贝的任务是挖蚯蚓,要是挖不够一瓶,就不让任小贝跟着去。

上个星期天,任小贝自己钓上了一条跟他大拇指一样大的小鲤鱼,就笑眯眯地把家里的金鱼放在洗脸盆里养着,把自家的玻璃金鱼缸装上小鲤鱼,放在班里养。

吕不凡见到任小贝的小鲤鱼就咧咧嘴,啥破小鱼,我跟你这么大的时候,钓上过一条像胳膊那么长的大鱼,放在一个超级大木盆里,谁看了都说吕不凡真是不凡。上次吕不凡和任小贝比武失手后，就光想再和任小贝比一次，把面子找回来。任小贝果然上当，他俩约好了这个星期天去比赛钓鱼。

任小贝举着可乐瓶对常老师说，这回挖蚯蚓可是吕老师让我挖的，大家伙可是都听见了，周小雨你来证明。

任小贝忘记周小雨最大的爱好就是教训人。周小雨说，不对，吕老师说他用烤红薯加香油钓鱼，是任小贝非得用蚯蚓的，蚯蚓是益虫，杀害蚯蚓是不对的。

常老师不知道吕不凡和任小贝比赛钓鱼的事，眼睫毛眨巴了五下，也没弄清是咋回事儿。常老师说，任小贝，你别天天光想着钓鱼玩，钓鱼是一件非常危险的活动，今天咱们正好讲雷电，我告诉你，有一个人在钓鱼的时候，忘记了头顶上有一条高压线，他钓上一条鱼，一甩，鱼蹦到高压线上，把电流引下来，电流通过他的身体，在他脚底板下面击穿了一个洞，就把他击死了。

王飞人把手举得很高，不等常老师叫他发言，就嚷嚷，常老师，常老师，我知道电可厉害，不能对着电线撒尿，我爸小时候有个同学，对着电线撒尿，结果电一下子钻到小鸡鸡里，把他变成太监了。

常老师听了王飞人的发言，笑得水蛇腰一颤一颤的，心情很好，刚想让任小贝回到座位上，鲁笛子手里捧着个小纸盒，推门进来了。

常老师一见鲁笛子迟到了，就很关心，说乖，是不是生病了？

鲁笛子说没生病，没生病，就是发现路旁边的树生病了，树身上出现了很多很多小洞，小洞里面有很多会吐丝的吊死鬼，我费了好大的劲，才捉了一只。

常老师打开鲁笛子交给她的小纸盒，里面有一只绿色的肥肉虫。常老师揪着肉虫子嘴旁的一根小细丝，把吊死鬼拿给我们看，常老师说这种虫子总爱往槐树的里面钻，把大槐树的心脏钻得都是洞，大槐树就死了，而蚯蚓呢，可以松土，让植物长得旺盛。

看人家鲁笛子，上学的时候还关心绿化，不像有的人，挖益虫去钓鱼。

常老师光顾着教育任小贝，不想吊死鬼吐的丝越来越长，吊死鬼随着窗子里面吹的风，飘到柳娜娜头发上了。柳娜娜胆子最小啦，常老师把吊死鬼捏出来的时候，柳娜娜就很害怕，她一直盯着吊死鬼，谁知，吊死鬼偏偏向柳娜娜飘过来。柳娜娜吓得像木头人一样僵硬地站起来，一动也不敢动，只是拼命地尖叫，不像人声地尖叫，王飞人跳过去英雄救美，把柳娜娜的头发揪得散乱，可就是没有发现吊死鬼，王飞人说吊死鬼不会钻到你的身体里面了吧？

柳娜娜听说吊死鬼钻到她的头里面了，哭都哭不出来了，吓得直翻白眼。

常老师推开王飞人，哄柳娜娜说，不怕不怕，小虫子不可能钻到你的头里面呀。

可是吊死鬼就是不见了呀。

柳娜娜找不到吊死鬼，吓得快发疯了。

常老师急得快哭了，要是柳娜娜吓成神经病可咋办？

这时候任小贝高喊了一声，吊死鬼在这儿，说着他对着桌边猛踩一脚，又一碾，把吊死鬼踩成了一团黑黑的肉酱。

常老师松了一口气，对柳娜娜说，吊死鬼让任小贝踩死了，没事了，没事了。

柳娜娜喝了一瓶水，眼泪汪汪地坐下来，安静了。

常老师刚开始讲课，周小雨吓得鬼哭狼嚎，原来吊死鬼顺着日光灯管拉下一条丝，在周小雨眼前晃。

周小雨也顾不上班长的风度了，逃跑到了教室门口。

鲁笛子跑过去，把吊死鬼捉住，放在小盒子里面关起来。

常老师大怒，也顾不上宠鲁笛子了。她说，鲁笛子，你捉了多少吊死鬼呀，怎么踩死了又活了。

鲁笛子说，我也不知道呀，我就捉了一只，还是求过路的一个老爷爷帮我捉的，吊死鬼在空中飘飘飘，非常难捉。

常老师说，对呀，我打开小纸盒，是只有一只小青虫呀。

任小贝见鲁笛子挨了批评,心情很好,就说,别分析了,只有一只吊死鬼,我踩死的是一只蚯蚓。

## 艺术家

我爸回到家,唉声叹气。

原来他转到旧货市场,一个姓白的老头拿出两张画在硬纸壳上的画,让老爸看,老爸一看就装老练说,画的是啥呀,不要。

谁知旁边有一个人看见了,说拿来我看看,他说要多少钱,老白听老爸说不要,还以为是垃圾画,就说两张给十元吧。

那个人说,给你五十元吧。然后就把画拿走了。

老爸和老白眼都直了。原来这种硬壳纸叫新闻纸,是一个大名家年轻时候因为穷,买不起宣纸,只好画在新闻纸上,现在十分值钱。

老爸恨不得自己给自己两个大嘴巴。

老爸跟老妈说,我怎么这么蠢呢,人家把钱放在手里了,还愣是不要,真是蠢材呀。

老妈说,你才知道自己是个蠢材呀,可惜太晚了。你是看见假画就掏钱,见了真画就不要。我说你不是做生意的料吧,你还不信,现在相信了吧。

老爸点点头说,是,是,我真不是做生意的料,我咋一到关键时刻就犯迷糊呢,真是有点让人百思而不得其解。

老爸心灰意懒地栽到床上睡觉,一直睡到妈妈做好了晚饭。

老妈做好饭，对我说，梅超群，去看看你爸，咋一直睡，不会睡得没气了吧。

我看看老爸，看不出有气没气，仔细观察，好像肚子在动。

我马上跑过去向老妈报告，我爸没死，肚子还一动一动的。

老妈说，那把他喊起来吃饭吧。

老爸喝了一碗小米粥，精神有点缓过来了。他对我妈说，我真不是做生意的料，我咋一到关键时刻就犯迷糊呢，真想不通。

老妈说想不通就别想了，是你的就是你的，不是你的想也是白想，要不咱请一个观音菩萨吧，我们科里小安家里就请了一个观音菩萨，他们家的运气就挺好，生意可火了。

老爸说，别迷信了。我认真地思考了一下，买画失手的主要原因就是不懂的缘故。我小的时候就想当艺术家，可是家里穷，买不起纸让我练习，没当上。我要是当个大画家，刷刷刷，一会儿就画一张，一张就值一百万，咱们家早就住上别墅了，我觉得应该让梅超群来完成我没当上大画家的心愿，送他去画画。

我妈说你别犯神经了，现在考艺术的小孩儿每年有十万个，也没听说谁画一张画能值一百万的，我从小就想当医生也没当上，我想让梅超群上医学院。

我爸说，啥，当医生？咱老家的小秋考上医学院了，毕业后一家医院也不要他，要想去好的医院不是博士人家根本不收，自己开诊所吧，他家里穷得叮当响，也开不起，在家里待了一年也没找到事做，现在在建筑工地给人家打小工，他师傅说他还是大学生呢，连泥都和不好，天天嚷他。

我妈说，那就让梅超群自己决定吧，梅超群你是想当医生呢还是想当大画家呢？

我说我也不知道想干什么。等我长大了，没准儿外星人就来了，我就组织一个黑豹突击队，手持一杆激光枪，当一个突击队队长。

我爸说别废话，你只能在当医生和当画家里面选一个，因为你是爸爸妈妈的儿子，爸爸妈妈的理想你得想方设法来完成。我想了想，说给人家打小工太累，还得挨吵，就当大画家吧，一天画十张画就能挣一千万，给妈妈买十座别墅，给爸爸买十辆小汽车。

我爸一高兴就给我报了一个美术班，还给我买了一大堆美术用具。我妈撇撇嘴说，我看不出梅超群有啥艺术天分，搞艺术的天天浪浪荡荡的，到时候画也画不成，学习再耽搁了，一头脱，一头落。

我爸大怒，说老娘们懂个啥，梅超群你要好好画，画一张好画给你妈开开眼。

我画小卡通人最拿手了，我画过一大本哪吒，画过一大本葫芦兄弟，还画过一大堆不知道是什么的东西，我的作品装满了一个大纸箱，可惜的是我妈不知道珍惜，给当成破烂卖了，我要是当成了大名家，这些早期作品肯定值大钱。

画室里的肖老师是左撇子，我也是左撇子，肖老师大喜，说要收我当关门弟子。我爸立即趁热打铁，在一个小饭馆里请肖老师吃了一顿涮羊肉，就算是拜师了。可是美术班上光教素描，我的强项是画天马行空的东西，画画的天才得不到发挥，画石膏像的眼睛，画着画着就画成了一辆坦克车，画了一个星期也没画成一个石膏眼睛。

放学的时候，林青说小妖，你在哪个画室学画画呀？

我说在一个叫“自然光”的画室。

林青说她也想画画，她不想弹古筝了。我说那你跟着我学吧，我已经会画石膏像了，等画成了大名家，一张画可以卖一百万，到时候给你买一张飞机票去美国玩。

林青说行，因为她最爱玩。有一回她想跟我去买不干胶画片，我们就去找吕老师请假。她说生病了，吕老邪就说快回家休息吧。我也说生病了，吕老邪摸摸我的头，说不发烧呀，可能是中暑了，喝点水就好了。害得林青自己在大街上坐了半天，也没买成画片。

林青画线描画最拿手，她用墨笔能勾出很细的线，画很细致的画，满幅画都画满了线，真是费劲。有一次，吴老师把她画的一幅画拿去展览，可能是评奖的老师感到林青画得太认真，还给她发了一个铜奖章。

林青画了一个美女图，非常像林黛玉，还上了颜色。林青最爱画的就是美女图，她画的美女都是细眉毛，尖下巴，长得都一样。我说画得是不错，但是不正规，正规的是素描，你要不会素描就不能当大名家，要是当不上大名家，你画的画就不值钱，给人家人家也不要。

林青听了我的话，想想很对，就坐在地上难过地哭了。

我说要不你把这个画改成观音菩萨吧，送给我妈她肯定要，因为她想挂一张观音菩萨的像。

林青把美女图改成了观音菩萨图，观音菩萨长得也是大眼睛、尖下巴，标准的林氏风格。我用一个戴眼镜的玩具狗把这张画换了过来，林青的画终于有人买了，她郑重地把玩具狗收藏起来，因为她的画有人买了，就离当大名家不远了。

回到家，我对老妈说，看我画了一张观音菩萨，你要不要？

老妈惊喜地说，梅花，梅花，看你儿画的真好，可能真的能当上大名家。

我爸站在画前，装模作样地观赏了一阵子，点点头说，不错，不错，非常有收藏价值。说着，他就用一个画框把画装起来。林青的画一进画框就明显不一样，就像是一个收破烂的洗了个澡，穿上了名牌衣服，身价大涨，跟画店里卖的猛一看差不了多少。

当一回艺术家非常简单。关键是你敢不敢当，如果敢当，就一定能当上。

# 无花果

学校门口有一个白胡子老爷爷在卖无花果。

他用一块布包了一小堆无花果在卖。

现在学校对校门口卖东西的已经管得不太严了,但在学校门口卖东西必须经过传达室孙老头的同意。

孙老头的权力很大,他想什么时候摁铃,就什么时候摁铃。有一次,我起床起晚了,刚走进校门,孙老头冲我嚷,还不快跑,我摁铃了。我赶紧求他,别摁,别摁,等我跑到旗杆那儿,你再摁。孙老头比较讲信誉,我刚跑到旗杆下,上课铃就响了,再一冲刺,就随着铃声进班,感觉比较爽。

孙老头另一个权力就是撵学校门口摆小摊的。孙老头有一个缺点,就是爱听好听话,爱让人家求他,人家一求他,他就开心,他一开心,摆小摊的就可以在学校门口做生意。

这个白胡子老爷爷为了一小包无花果求孙老头真是有点亏,因为他的无花果只值两元钱。

林青和叶如镜是两个馋嘴猫,她俩问老爷爷无花果多少钱一个,老爷爷说一毛钱一个,她俩一人买了十个,就把老爷爷的无花果买完了。

林青只来得及吃三个,就上课了。她慌慌张张地把剩下的塞到我兜里,因为她的裙子没有兜,她不敢让吕老师看到她在学校门口买无花果。

叶如镜比较蠢,她大口嚼着无花果,大模大样地走进教室,一只手托着没吃完的无花果，一只手里还捏着无花果的空皮。

吕老师见到叶如镜吃无花果大为惊讶，说，叶如镜你从哪里摘的无花果，不是摘“鹿”校长家里的吧？

“鹿”校长在我们学校后面的一个小院里住，他家门前有一棵无花果树。

叶如镜说，不是不是不是，这是我刚在学校门口买的。

吕老师听叶如镜说在学校门口买的，就松了一口气。不过为了掩饰刚才的失态，就继续批评叶如镜。

学校门前的东西也不能买，因为社会上什么样的人都有，吕老师说他的女朋友有一次就遇上了一个坏人。

有一天，吕老师的女朋友，吕老师的女朋友就是非常想和吕老师结婚的那个女的，她没常老师的个子高。有一次她在学校门口等吕老师一块回家，我们冲吕老师喊老师好，对她就愣住了，不知道该喊阿姨好，还是该喊女朋友好。

王飞人后来说，应该喊师娘好，因为喊女朋友好，别人还以为吕老师的女朋友是我们的女朋友呢。任小贝说，不能喊师娘好，因为吕老师现在还没有跟她结婚，他俩要是吹了，咱不是亏了。柳娜娜说，那只好喊她阿姨了，喊阿姨肯定错不了。鲁笛子白了柳娜娜一眼，说，才不是呢，有一次，有一个非常漂亮的阿姨，来拜访鲁笛子他爸，鲁笛子他爸是吹笛子的权威，很多漂亮的女演员都来拜访鲁笛子他爸。鲁笛子喊人家阿姨，人家就很不乐意，捂着嘴巴笑嘻嘻地说，哟，我有这么老嘛，喊姐姐好了。鲁笛子说女的都愿意年轻，应该喊姐姐。可是我们管吕老师喊老师，管吕老师的女朋友喊姐姐，跟吕老师就真成哥们了。这个称呼真是伤脑筋，要是吕老师跟常老师结婚就好了，碰上了，一律喊“老师好”，这多省事，可是他俩不结婚，他俩不结婚我们也没办法。

吕老师说他的女朋友有一次遇上了坏人。

他的女朋友有一天在单位大院里支上自行车，正要进大楼，碰上了一个打戒指的，那个打戒指的会迷魂大法，他用眼睛一看吕老师的女朋友，吕老师的女朋友就迷糊了，打戒指的说，小姑娘，把你的戒指再打得光亮点吧，吕老师的女朋友就乖乖地把戒指摘下来，然后打戒指的把金戒指放到小水杯里一搅和，就换成了铜戒指，用小木槌敲敲，说，是不是可好看。吕老师的女朋友就傻乎乎地说，真好看，谢谢，谢谢。

吕老师的女朋友坐在单位的电脑前面发了半天呓怔，像做梦一样醒了过来，她哇的一声大哭，说，我的戒指没了。后来，吕老师只好自己掏钱赔了她一个。

那个卖无花果的老爷爷很可疑，很可能是一个拍花子的化装的。他看见林青和叶如镜长得好看，就卖给她俩无花果，然后，林青和叶如镜一吃就迷糊了，那个骗子说，走，跟我去玩，她俩就像小绵羊一样跟着他坐上火车，把她俩卖到好远好远地方的一个马戏团里，她俩哭成了泪人也没用，只好跟老虎呀、猴子呀一起表演节目。

等到下课，我跟王飞人拉林青和叶如镜去捉坏人，她俩吓得两条腿发软，不敢去。我跟王飞人飞跑到学校门口，一看，卖无花果的早没影了。我们就跟孙老头说，孙爷爷你知不知道刚才有个卖无花果的，你再瞧见他，就揪揪他的胡子，看是不是骗子化装的，要是把胡子一把揪下来，就说明他是一个拐小孩儿的，千万要把他抓起来送到公安局。

孙老头听了很不乐意，说，什么拐小孩儿的，他是我的老邻居，走了好远的路来跟我聊天，还带了一包无花果送给我吃，我不爱吃，就让他干脆卖了算了。

真是一场虚惊。不过，很有可能是孙老头怕担责任骗我们的，要是校长发现孙老头让一个拐小孩儿的在学校门口卖东西，肯定把他开除。因为要是有人送我们无花果，我们早就吃了，肯定不让卖给别的人。

# 喝油茶

我妈出差了，我爸懒省事，每天给我沏油茶喝。

油茶可好喝了，里面有花生仁，我爸喝上面一层没花生仁的，我喝下面有花生仁的，俺俩配合得很好。

我妈回来以后，我们已经喝了五包油茶了。

我妈知道了，就埋怨我爸，你天天给梅超群喝油茶，一点也不讲究营养，看看俺儿的小脸，又瘦了一圈，为啥不让梅超群喝牛奶。

我妈最烦人了。她明明知道我不爱喝牛奶，偏偏让我喝。明明知道我爱喝可乐，就是不让我喝。明明知道我爱吃肯德基，偏偏不让我吃。还说这些好东西在美国是垃圾食品，真是胡说八道，要是这么好吃的东西在美国是垃圾食品，那么美国不是垃圾的食品，说不定多么好吃呢。

鲁笛子也说美国的东西十分好吃。他第一爱吃美国开心果，第二爱吃美国的腰果。鲁笛子他爸是吹笛子的权威，有很多人请他爸爸吃饭，鲁笛子只要是跟他爸上饭店，不管上多么高级的饭店，他爸非得点一盘腰果虾仁，说俺鲁笛子最爱吃的就是腰果虾仁。请客的人就非常高兴地把这盘腰果虾仁送给鲁笛子独自享用。鲁笛子就把盘子里的腰果一扫而光，把虾仁留下来让大家分享。

王飞人也说美国的东西非常好吃，他最爱用可乐泡大米饭，甜丝丝的非常容易咽下去。可王飞人他爸爱用红烧肉汤淘饭，说用油汤泡过的大米粒红彤彤、亮晶晶的，像一碗珍贵的玛瑙，让人不舍得吃。王飞人他妈听到以后，就把嘴撇到天上，说嫁给你这个穷光蛋真是倒大霉了，就知道红烧肉好吃，真是乡下人。王飞人他爸就说，不是乡下人谁找你呀，不是乡下人能这么有劲吗。说着，王飞人他爸就把他妈揪过来，举到天花板上。王飞人他爸是运动员，力大无穷，举王飞人他妈就像举一个小孩儿，就像我小时候，我爷爷往天花板上扔我一样。王飞人他妈就在半空中踢腿，说讨厌，讨厌。王飞人就用手使劲拍桌子，说，别肉麻了，别肉麻了，肉麻得让人恶心，吃不下饭，非得用可乐泡饭不可。王飞人趁机往碗里倒一大堆可乐，这时候王飞人的爸妈心情很好，就不管王飞人了。

叶如镜说你们真是比猪八戒还猪，就知道吃。其实叶如镜才是猪，天天兜里装的都是零食，还很小气地光知道自己吃。有一次叶如镜带了一大袋开心果，她刚悄悄地吃一个，就让鲁笛子发现了。因为鲁笛子最爱吃开心果，闻开心果的味就像警犬一样灵敏。鲁笛子管叶如镜要，叶如镜不给他，鲁笛子就抢，叶如镜没鲁笛子劲大，只好说，别抢，别抢，给你分点儿。叶如镜掏出两粒开心果朝鲁笛子一扔，趁鲁笛子接的工夫，便跑出教室。鲁笛子在后面使劲追。鲁笛子本来没叶如镜跑得快，但是一想到开心果，便浑身是劲。叶如镜一见大事不好，就跑进了女厕所。看鲁笛子不敢进，叶如镜便在厕所门口扬扬得意地掏出一枚，朝鲁笛子晃了晃，吃得津津有味。鲁笛子忍不住跳过去抢，叶如镜就拽着鲁笛子的胳膊往女厕所里拉，他俩正在打闹，没想到魏老师也在厕所里，魏老师最爱像大侦探一样破案。她悄悄地走过去，一把抓住了叶如镜和鲁笛子，把他俩吓得差一点昏倒。

结果，他俩被魏老师勒令请家长。

叶如镜回到班里面，把开心果往课桌上一扔，就哭了。

鲁笛子过来说魏麻子真是多管闲事，我真想把她像开心果一样吃了。说着鲁笛子就掰开了一个开心果扔到嘴里大嚼。然后，他对叶如镜说，别生气了，别生气了，吃开心果吧。叶如镜赌气说不吃不吃不吃，我不要了。

鲁笛子就把开心果拆开包分成两堆，俺俩一人一堆，刚要往兜里装，再慢慢地享用,旁边一下子伸出来好几双手,把开心果瓜分了。

我觉得美国的开心果好吃,中国的油茶好喝,它们应该结合起来,把油茶里的花生仁换成开心果,变成美国油茶,肯定更好吃。

我爸说他小时候有一个卖油茶的,做的油茶可好喝了。

我爸说那个卖油茶的脖子上有一个大包,这个大包是帮人家搬家压出来的。现在搬家公司的人没过去搬家公司的人老练,过去搬家公司的人都是把大桌子、大柜子扛在脖子上,有一个高手高手高高手,还能把瓶子、杯子放在桌子上扛,杯子里有一杯茶,扛到新家,茶水也不洒。

卖油茶的过去不卖油茶,而是一家搬家公司的员工。有一天给人家搬家的时候,没有吃饱,腿一软,把人家的一个大镜子打碎了,搬家公司的老大说他砸了自己的招牌,一脚把他踢出来了。卖油茶的干不成搬运工,可脖子上压出的大包长不平了,就去卖油茶。他的油茶可好喝了,他每天拉一个平底的四轮小车,车里放一个像二十四寸大彩电那么大的大壶,手里拿一个铜铃铛,大街上的小孩子没事就直着耳朵听铃铛响,我爸一听着声音,就捏一个大碗,扯着我爷的手去找卖油茶的,卖油茶的把大壶一斜,一毛钱给倒上半碗,我爸喝得真香,就像我现在吃肯德基一样香。

后来,卖油茶的找了个媳妇,他的媳妇是一个哑巴,有一天他的小孩儿在煮油茶的大锅边玩,一不小心掉在锅里面,给烫死了。

我爸他们见了卖油茶的就唱,“卖油茶,卖油茶,脖子里长个大疙瘩,娶个老婆是哑巴,生个小孩烧死啦。”

卖油茶的听见我爸他们唱,像是没听见一样,他在后面推着小车,他媳妇在前面拉着小车,在石板路上咯吱咯吱地走。

我爸说他小时候一想喝油茶,就唱卖油茶,卖油茶,脖子里长个大疙瘩,娶个老婆是哑巴,生个小孩烧死啦。一唱这个歌,就觉得喝过油茶了,心里美滋滋的。

你真是一个白眼狼。

啥,我是白眼狼?我爸被我骂愣了。

要是我惹我奶生气，我爸就骂我是白眼狼，说，你奶多亲你，一回奶奶家，就给你做好吃的。

要是我惹我姥生气，我妈就骂我是白眼狼，说，你姥为给你买衣服，跑了好几个商场。

我说人家的小孩儿让烧死了，你喝了人家的油茶还唱歌，不是个白眼狼是啥。

我爸第一次被我问住，他白白眼，想骂我一顿，可吧吧嘴，啥话也没说出来。

## 护旗手

我们学校开运动会，有一个项目是升国旗。

这次升国旗我们班要出一个人当护旗手。因为升国旗要有一个升旗手，两个护旗手，六个吹铜号的。当护旗手比较爽，因为升旗手责任重大，要在国歌放完的时候，正好把旗升到顶，要是晚一点，全校的同学都会笑你不老练。当护旗手比较好，就在升旗手身边走走，心里没压力。

我想当护旗手，王飞人也想当护旗手，可我们班只有一个当护旗手的指标。吕老师说，孔融四岁能让梨，你们俩谁去自己决定吧。

我对王飞人说，孔融四岁能让梨，把大梨给哥哥吃，我是你师叔，你让我当吧。

王飞人说孔融是孔融，我是我，你当劳动委员的时候也没想着让给我，不能啥好事都让你占了,要不你拿劳动委员来换。我好不容易才当上一个官,而且当劳动委员的时间长,当护旗手只能当一小会儿,跟他换明显吃亏。我说你咋恁精哩,不换不换。

这个时候叶如镜跑过来。叶如镜最爱找我的毛病,比较喜欢王飞人。她用手指先点王飞人,再点我,说,挑兵挑将,骑马打仗,有钱喝酒,没钱滚——蛋。她念到蛋字上,正好指着我,说,该人家王飞人去。

王飞人跳起来,喊了声“耶,该我去了”。就跑过去找吕老师报名。我气哼哼地对叶如镜说,滚,跟王飞人是小两口儿。叶如镜把两只手支在耳朵上,扭着小腰发贱,说,小两口就小两口儿,反正你当不成了。把我气得说不出来话。

王飞人当上护旗手高兴得手舞足蹈,别人都和升旗手一起在练习升旗,他却像大领导视察一样整天东瞅瞅,西看看,在操场上疯。他一不小心,跑到练实心球的前面,有一个六年级的运动员,力大无穷,他掷出了一个超远的实心球,那个球照着王飞人的头就飞过去了。幸亏王飞人跟任小贝练过武功,身手比较敏捷,在关键的时刻用手往头上一捂,两只手正好把球卡在头上。实心球就像长在王飞人头上一样,把王飞人吓得浑身发软,嗵的一声躺到地上翻白眼。

不好啦,王飞人让实心球砸死了。

鲁笛子的舅舅是体育老师,他抱起王飞人就往医院里跑。王飞人这时候清醒了,他说,我没死,把我放下来吧。鲁笛子他舅舅一见王飞人醒了,赶紧说,别动,别动,咱们到医院检查检查。

医生给王飞人查了半天,什么也没查出来,只好说,按说实心球砸在头上很严重的,可王飞人同学头上连个包也没起,搞不清楚怎么回事,弄不好是内伤,还是住院观察观察吧。

王飞人受伤住院了。

别人住院没人看,王飞人住院看望的人可多了,因为王飞人是在学校受的伤,属于工伤,连校长也来看王飞人。校长来看王飞人了,副校长也只好来看王飞人，学校里很多大官都来看王飞人，我们跟吕老师也来看望王飞人，王飞人的小桌上摆满了鲜花和好吃的，王飞人笑嘻嘻地坐在床上来接受大家的看望。

我说王飞人明天就要升国旗了，你的护旗手还当不当了。王飞人说，当，还当护旗手。

校长感动得热泪盈眶，对副校长说，看看，看人家王飞人同学，受了这么严重的伤还想着升国旗，咱们学校出了这么好的同学，都是大家的功劳呀，回头要在广播里好好表扬表扬。

王飞人住了两天医院就出院了。

王飞人很高兴。

我也很高兴。因为我终于在王飞人光荣负伤的时候代替他当上了护旗手。守护国旗的人都不是一般的人，我想林青肯定在队里目不转睛地看着我，就像奥运会冠军一样把手放在胸前，听着国歌响起来，我在她心中的形象一定很高大。

等回到班里，叶如镜就笑我，说我走得扭扭捏捏，像一个小妖，根本就不像一个真正的护旗手。

周小雨安慰我说，不要紧，主要是前两天没练习，猛一下走得有点像木偶。

王飞人成了大名人，名气直追任小贝，他得了一个威风八面的外号，叫“铁头金刚”。任小贝气不过，给王飞人编了个顺口溜：“王飞人，手护头，头上长了一个球。”校长没有听见任小贝编的歌，他在广播里说，下一次升国旗，要让王飞人当升旗手。叶如镜用崇敬的目光望着王飞人，王飞人在班里走路时腰都是扭的，王飞人成了人人都佩服的大明星。

# 小狗点点

我姥姥家发生了一起神秘的盗窃案。

我姥姥什么东西也没丢，就是丢了半盘牛肉和一只猪蹄。

我姥姥自己住在一楼，姥姥就爱自己住，不愿意上别人家里长期住。我妈说你姥姥一个人住多寂寞呀，咱们陪她住几天吧，我们就陪姥姥住。

姥姥平常不爱吃肉，就爱吃青菜。我也不爱吃肉，更不爱吃青菜，跟我姥住几天，我爸说他快成吃斋念佛的唐僧了。有一天晚上，姥姥忍着恶心，买了牛肉、肥肠、猪蹄、猪头肉让我们吃。我们把菜放在桌子上等妈妈回来，可她打电话说，让单位一个胖阿姨拉着逛商场，不回来吃饭了。胖阿姨就爱逛商场，她对商场里面什么东西便宜知道得一清二楚，这次是为了买一种很结实的折叠板凳。这种板凳平常要卖二十元，今天只卖一元，而且一个人只准买两个，胖阿姨想买四个，因为打麻将要四个人打。折叠板凳太便宜了。她们为了捡便宜，排了两小时的长队，胖阿姨如愿以偿地花四元钱，得到了四只板凳，心中大悦，就请我妈到商场顶楼的小吃部，正在大吃原阳凉粉和开封灌汤包子，不回来吃饭了。

我和姥姥只吃牛肉，我们俩才吃了半盘，老爸把肥肠和猪头肉都吃了，吃得满嘴流油，还要吃猪蹄，我姥姥说，不能暴食暴饮，这个猪蹄是给梅超群妈妈买的。

我爸说，不吃就不吃，我其实一点也吃不下了，就是有点肚子饱眼睛饥。

我妈回来时，已经很晚了。我姥说厨房里还有一个猪蹄你吃了吧。我妈也吃得很饱，可是姥姥的话就是命令，要是不吃，姥姥就会唠叨得让她恶心，比吃猪蹄难受多了。

我妈走进厨房拿起猪蹄刚啃了一口，就大叫，梅花呀梅花，你真是太不像话了，明明知道我吃猪蹄主要是吃皮来美容，你偏偏把皮啃了，剩下的都是肥肉，我不吃了。

我们围上来一瞅，猪蹄上的皮真的没有了。我姥姥意味深长地看了我爸一眼，没有批评我爸。我也没有批评我爸，因为我爸从小就偷东西吃，是有案底的人。我爸小时候家里很穷，那个时候大家伙都很穷，小孩儿都没钱买零食。在很久很久以前，我爸的姥姥把一包点心悬在房顶上，让我爸够不着。我爸的姥姥只有一包点心，要吃很长时间才把点心吃完。那个时候没有塑料袋，点心是用一种厚厚的黄纸，系上一种纸捻成的细绳包着的。我爸像一只馋猫看一条鱼，在点心下面转磨磨，看着点心纸浸出了油，散发出甜香味，喉咙里像伸出了一只手，一般来说，小偷都长着三只手。他像老鼠一样看看房子里没人，就悄悄地搬一个小方桌，在小方桌上放上小椅子，踩上去，从点心包里偷一块点心，再把纸包弄回原样。吃一块，过几天忍不住再吃一块，慢慢把点心偷光了，纸包还不变形，好好地在空中悬着，我爸真是太有才了。

有一天，我爸给他姥姥倒尿盆，因为那个时候没有卫生间，大家都去很远的公共厕所里方便。我爸的姥姥走不快，就在屋子里尿。我爸高高兴兴地把尿盆顶在头上就去倒，因为谁要是摊上这个差事，就能得到一块糖。

我爸拿着空尿盆回来，听到邻居瘦猴的奶奶说，看你家梅花多孝顺，把尿盆顶在头上，一点也不嫌脏。我爸说，看谁孝顺不孝顺的标准就是嫌不嫌脏，养儿防老，要是我老得躺在床上不能动，你得负责给我倒屎倒尿，因为我小时候就给大人倒屎倒尿。

我说叶如镜肯定不孝顺，她最爱干净。有一次，我喝水时不小心把水洒在她的裙子上，她就哭了，说我把她的裙子弄脏了。我说是我喝的水，里面也没有细菌。她说是从我嘴边流下来的水，就是口水，把口水吐在人家身上，还说不脏。把我气得真想变成孙悟空，冲她吹一口气，把她变成一只在屎里打滚的小猪。

我爸的姥姥听瘦猴的奶奶夸我爸，高兴得合不拢嘴，马上决定把奖励的标准提高，由一块糖上升为一块点心。我爸的姥姥打开点心包一看，是个空包，再回头一瞅，我爸做贼心虚，顾不得领奖，早跑得老远，这件事就成为一个经典的故事，在我家里流传。

这回偷吃猪蹄的事件发生后，我爸表现得非常镇定，他说他没偷吃，谁吃谁是小狗。我和我姥肯定不会偷吃，因为我不爱吃肉，他们求我吃我也不吃，越求越不吃，我要是光明正大地吃一个猪蹄，我爸肯定表扬我，说不定当场就奖励我五元钱。

我妈大叫，想死呀你，你才是小狗。因为我妈吃了一小口猪趾甲下的硬皮。她趁机放下猪蹄用自己的油手往我爸脸上抹，我爸抱头鼠窜。

我最讨厌他们俩打闹。

我姥也讨厌他们俩打闹。

我姥回去看韩剧，我认真地研究猪蹄，发现上面有细小的牙印。没准我姥姥家里隐藏着一只老鼠。我仔细看看，在放一捆菠菜的地方，露着一根会动的大尾巴。

我尖叫一声，跑出了厨房。

我爸跑过来问我什么事。我说厨房里有一只特大号的老鼠，是老鼠把猪蹄吃了。我妈听说她吃了老鼠吃剩的猪蹄，表现得比叶如镜强点，没有哭，跑到厕所里吐，把排队挣来的小吃都吐出来了。

我爸拿来一根晾衣服用的细木杆，因为木杆上有一个铁钩，想把老鼠扎死。他端着木杆像八路军冲锋一样冲进厨房，刚要扎，被姥姥拦住，我姥姥最爱干净，她说要是木杆上染上老鼠的血，就没法晾衣服啦。我爸正在犹豫，大老鼠钻出来了，原来是一只身上有黑点点的小白狗。

我爸用脚踢小狗说，出去，出去，你这个小偷。

小狗哼哼着不想走，又往菠菜堆里钻。我说小狗多可怜，要不咱养吧。

我爸一看小狗长得很漂亮，就说这个小狗要是拿到市场上卖肯定很值钱，要不就养着吧。

我姥最烦我爸财迷，不过她心比较软，就说那就先养着吧，要是小狗的主人来找，再还给人家。

我姥用我妈的高级洗发水给小狗洗了三遍澡，把小狗洗得一尘不染，用毛巾包好，我抱着热腾腾的小狗不撒手，写作业也让它趴在腿上，小狗点点是我的小宝贝。

我们回自己家住的时候，我想把点点带走，我妈说，姥姥一个人过得太冷清，让小狗跟姥姥做伴吧。

小狗点点是一只神犬，它什么事都懂。有一天，姥姥烧开水后，光顾看韩剧，开水溢出来把煤气的火焰扑灭了，她也不知道。我姥忘记烧开水的事已经发生过好几次了，烧坏了一个壶，我爸给她买了一个会吹哨的响壶，可我姥一看韩剧，就什么也听不见了。开水把煤气的火焰扑灭，煤气就冲出来，要是不关上，就会大爆炸，把姥姥家的大楼炸飞上天，就像八路军炸日本鬼子的炮楼。

这时候点点大吵大叫，咬着姥姥的裤子让她去关煤气，姥姥关上煤气，一个劲地后怕，吓得心咚咚跳，马上打电话给我妈，狠表扬点点。

我们买了一大堆好东西慰劳点点。我爸买了两个猪蹄，请我妈和点点共享，谁知我妈看到猪蹄就恶心，改用别的方法美容，我爸就陪着点点一人吃了一个。

点点现在生活安定，天天吃饭很正常，吃一个猪蹄就吃多了。我只好牵着它去散步。刚走到大街上，就遇到了一只纯白色的长毛大狗，这只大狗像白马王子一样骄傲，因为它的主人是一个非常漂亮的白雪公主。她穿一双长皮靴，骑一辆红摩托，非常非常酷。

大白狗见了点点就扑过来，把我吓得一哆嗦，把绳子松开，点点吓得撒腿就逃，大白狗一下就追上了点点，把点点扑了个跟头，我这才清醒过来，捡起一块大砖头去砸大白狗。这时，白雪公主发动摩托车冲到我跟前，厉害地说，你这个小屁孩儿，敢打俺家的咪咪，你知不知道咪咪值多少钱，值二十万，比你还值钱呢。

我才不管钱不钱的，举起砖头就向大白狗砸去。这时，白雪公主一把揪住我的手，把我推了个屁股蹲，砖头也不知道飞到哪里去了。

我哇的一声就哭了，这是我的绝招。白雪公主看到我哭了，害怕我爸跑过来批评她，就发动摩托车，说，咪咪，过来。大白狗训练得非常听话，它松开点点，就跳到摩托车的踏板上，白雪公主把大白狗的皮绳套在车把上，正要逃跑，点点追过来，冲着大白狗发威，大白狗一见点点胆敢冲它发威，大怒，一个鲤鱼打挺，跳下摩托车就冲了过来，这时白雪公主的摩托车已经开动了，车把被大白狗带歪，白雪公主和摩托车一下就摔倒了，她的大皮靴也飞出去了老远。

我抱着点点就往家里跑，白雪公主爬起来要追我，可是一只脚高一只脚低，走不稳路，大白狗在后面愤怒地叫，也没办法，因为摩托车很沉，它拖不动。它更不明白点点是一只神犬，比它厉害多了。

## 包租婆

王飞人的好日子过完了，每天都生活在痛苦之中。

王飞人真是太痛苦了。本来王飞人学习就不好，虽然为了升国旗让球砸了一下，成了小英雄，但是头被砸得有点后遗症，学习就更不好了。

王飞人一不会做题，就说，都怨那个大同学不长眼，把实心球砸到人家头上，你想想，实心球多重呀，谁让砸一下都得把聪明砸没影，我不会做题不怨我，要怨就怨实心球。

吕老师就让一个叫卫梦琪的跟他坐同桌。卫梦琪的眼睛有点近视，戴了一副金丝眼镜，牙有点“地包天”，戴了一圈银光闪闪的牙箍，一说话眼睛牙齿一起闪光，像一个能发电的怪兽，俺们都管她叫“包租婆”。

王飞人不想和卫梦琪坐同桌，他想和林青同桌，虽然他管林青叫“狐狸精”，还是想和林青同桌。

王飞人对吕不凡说，我不和卫梦琪同桌，我跟林青同桌。吕不凡说不行，你想跟谁坐同桌你说了不算，你天天坐不住，就得派一个厉害的跟你坐。

吕不凡小时候也像王飞人一样坐不住，就是一个厉害的同桌管住他，他才学习好了。他的同桌是一个漂亮的小女孩，叫周宏，她爸在一次演习中牺牲了。

周宏的爸爸是一个炮兵团的连长。有一次，炮兵团在一个像玻璃一样平的大草原上演习，这个大草原叫黑水靶场。为什么叫黑水靶场呢，周宏不知道，吕不凡也不知道，因为这个故事是周宏告诉吕不凡的。周宏她爸是炮兵，她爸指挥的炮队打得非常准，打炮的时候，有一架飞机拖着一个像房子一样大的大气球在飞，许多高射炮打这个大气球，谁把大气球打中就算赢。飞机在天空上绕着大圈，许多炮弹在空中爆炸，像一朵朵小白花。终于，周宏她爸操起高射炮，把大气球打爆炸了，大气球飘着飘着，就落下来了。

这个大气球是一个宝贝，谁打下来要负责找回来，下一回充充气还能用。周宏的爸爸就坐着吉普车跟着大气球去追，很多人都沿着大气球落下来的方向追，就像找天上掉下来的馅儿饼。等追到大气球跟前了，有个人比周宏她爸跑得快，因为他家就住在附近，这个人有一匹小黄马，他骑着小黄马就追着大气球了。

那个人找着大气球很高兴，因为部队规定，老百姓找到大气球部队就得给钱，把大气球买回来。周宏她爸停下车，在蓝得耀眼的天空下，看着小黄马拉着大气球过来。周宏的爸爸也很高兴，因为骑小黄马的人是他的房东，叫铁锤，他俩天天在一起玩。

铁锤笑嘻嘻地跑过来，正要把大气球给周宏她爸，突然发现前面有一颗大炮弹，铁锤更高兴了，把炮弹捡回来，部队也给钱。铁锤高高兴兴地跑过去。周宏他爸看见铁锤去搬的炮弹上有一个引芯，引芯就像爆竹的捻，一碰就炸，赶紧喊，站着别动。周宏她爸跑过去，一看，这个炮弹去年打靶的时候没炸，现在浑身生锈，像一块废铁。周宏她爸刚要去搬，铁锤还以为周宏她爸想抢他的炮弹卖钱，就生气地踢了炮弹一脚，结果炮弹爆炸，把他俩给炸死了。

周宏她爸牺牲了。吕不凡的老师让大家都对周宏好点，因为她爸牺牲了，是烈士，周宏是烈士的女儿，谁要是对烈士的女儿不好，谁就是大坏蛋。

有一天，吕不凡逃学，他去河边打小鸟。吕不凡有一把用铁丝做的火药枪，一次可以射出好几粒子弹。吕不凡在河边发现了一只小绿鸟，他赶快在子弹壳里装上火药，一扣扳机，只听“轰”的一声，火药枪的前半截飞出去，落到河里了。原来吕不凡一激动，装的火药太多了，结果火药枪的前半截没有了，吕不凡手里只剩下了一个铁丝架。

火药枪是吕不凡的宝贝，他心疼地趴在草地上哭泣，哭了半天也没人理他。小绿鸟看见吕不凡的头发乱糟糟的像一个鸡窝，就飞到他头上用嘴尖啄啄，用小脚丫挠挠，弄得吕不凡头很痒痒，他用手一抓，竟然把小绿鸟抓住了。

吕不凡抓住小绿鸟后有点犯难，要是把小绿鸟带回家，他爸发现他去捉小鸟，非把他的屁股打成四瓣。吕不凡不敢把小鸟带回家，又不舍得送给好朋友，就在自己家的门口转悠。这时候周宏来吕不凡家告状。她没看见吕不凡，正要往吕不凡家门口走，吕不凡悄悄地跑过去，揪住周宏的小辫就把她拖了过来。周宏要去告状，吕不凡不让，他俩就打了起来。吕不凡一只手拿着小绿鸟，用一只手打不过周宏，就让周宏给摔到地上，弄得满身是土。周宏骑在吕不凡的脖子上，揪住吕不凡的头发说，是不是逃学了？吕不凡只好承认。后来，吕不凡把小鸟送给周宏，并发誓不逃学，周宏才没告状。

吕不凡光想着找一个厉害的同桌治王飞人，不想想自己学习变好，主要原因是周宏比“包租婆”漂亮，他老师的“美人计”在起主要作用。

王飞人一看见数学题头就晕，就像坐在汽车里，树一直往后跑，不知道汽车要去哪里，心里头十分茫然。可卫梦琪看到数学题比看到自己的妈还亲，比夏天喝酸梅汤还爽，王飞人的题还没看完，卫梦琪的题早就算好了。卫梦琪算完题，就把卷子像风筝一样飘过来，飘过去，用手晃着说，没办法，没办法，我怎么算题这么快，我怎么算题这么快，我真佩服我自己呀。

王飞人嘴很甜，他说梦梦姐姐，让我抄抄吧。

卫梦琪就说，你不是不想跟我坐同桌吗，别理我。

王飞人只好说，现在想跟你坐同桌了，快让我抄抄吧，等他请求三遍，卫梦琪才让他抄。

王飞人到没人的地方，就说卫梦琪这个“包租婆”，真是一个像猪一样的蠢蛋，我要是会算题，非把她比下去，把她气得吐血而亡。

王飞人变成了一个“两面人”。在背地里骂卫梦琪，在班里面讨好卫梦琪，王飞人每天脸上的表情变幻莫测，嘴巴边的肌肉扭曲得很疼，真是太痛苦了。

现在，王飞人的聪明让实心球砸没了，他想把卫梦琪比下去的心愿要是能实现，真的是比登天还难。任小贝是王飞人的师父，看到徒弟痛苦不堪，心里面非常着急。有一天，任小贝听说，有一个外国人的头也让东西砸一下，变成了白痴，后来，又让东西砸了一下，头里面的聪明又回来了，变得非常聪明，成了科学家。就拿一个实心球要给王飞人治病，任小贝让王飞人站着别动，实心球朝着王飞人的头就飞了过去，王飞人吓得脸发白，妈呀一声抱着头蹲在地上，实心球从他头上飞了过去，把他身后的一棵小树砸掉了一块皮。

任小贝问王飞人怎么样，病治好了吗。王飞人吓出了一头冷汗，连忙说，治好了，治好了，我感到聪明又回来了。

王飞人真的变聪明了。

王飞人考试的时候，没抄卫梦琪的卷子，竟然考了九十分。王飞人拿着卷子像风筝一样冲卫梦琪飘呀飘，很解气地说，我怎么变得这么聪明呀，真是聪明得一点办法也没有了。

吕不凡看到王飞人进步了，很欣慰地用手摸摸王飞人的头，背着手走出了教室。他感到自己让卫梦琪当王飞人同桌的决定非常英明，打心眼里佩服自己。

我是一只飞蚂蚁，飞蚂蚁，所向无敌。

我是一只飞蚂蚁，飞蚂蚁，所向无敌。

我站在“泥巴”他们家对面的大山上，迎着清凉的山风，大声歌唱。

# 手枪

我可想要一把真手枪。

我看过小兵张嘎电视，小兵张嘎的那一支“盒子炮”真漂亮，比吕老师自己做的火药枪强多了。小兵张嘎把真手枪掏出来，马上就成了孩子王，有一大群小孩儿围着他转，有一把真手枪肯定很威风。

我从小兵张嘎放手枪的老鸪窝里找出了一把乌黑闪闪的小手枪，在河边大摇大摆地走。我以前为什么不敢大摇大摆地走呢，是因为我在河边遭到过一伙中学生的抢劫。他们有五个人，可能会飞檐走壁，有一个人是个嘶嘶嘴，像梁山好汉时迁一样会轻功，他从别人的车上一下就蹿到我的车后架上，说快骑，我的车把一晃，一下摔在地上，可嘶嘶嘴一下就跳下车，没摔着。他把车扶起来，说让我带你，他就带着我和四个骑自行车的人顺着河堤飞快跑，到了没人的时候，他让我下车，没脸没皮地骑着我的小粉车跑了。

我有了一把小兵张嘎的真手枪，可不用害怕了。我在河边大摇大摆地走，那五个中学生骑车过来了，我一下跳在路中间，朝天空开了一枪，说，不许动。嘶嘶嘴会轻功，他像一只大鸟一样向我扑过来，我一枪把他的腿打流血，他一下就跪在地上，其他四个小流氓也吓得跪地求饶，我夺回来自己的小粉车，又缴获了四辆车。这时候来了一个收破烂的老头，我一看原来是老张，上次老张帮我们送花盆不要钱，可是他非常穷，每天只能吃一块馒头，我把四辆车送给了老张，老张发财了，他过上了幸福生活。我把小粉车骑回家，妈妈高兴地亲了我一下，说梅超群真是不简单，比你爸的本领还大。我天天练射击，比小李飞刀的准头还准，我在奥运会上射击得了一枚金牌，手里抱着一大把鲜花，很多摄影记者给我照相，我成了大名人。

我正想得高兴，王飞人推推我说，梅超群，梅超群，你在想啥好事呀，不是犯神经病了吧。

我擦了擦口水，说，我正在想要有一把真手枪就好了，谁敢抢我的自行车就把谁枪毙喽。

王飞人也可想要一把真手枪。王飞人有一把能射子弹的玩具枪，他带到学校，没啥打的，就冲任小贝养的小鲤鱼开了一枪，把小鲤鱼身上打出了一个小白点。任小贝怒冲冲地打了王飞人一拳，把王飞人的鼻子打流血了。吕不凡还狠狠地批评了王飞人一顿，把王飞人的玩具枪没收了。王飞人说我要有一把手枪就好了，他掏出真手枪对准任小贝说，任小贝，我不想当你徒弟了，我要当你师父。任小贝就拜王飞人为师，任小贝自己扇自己一个耳光，说王师父，我再也不敢打你了，你要是高兴，就把小鲤鱼枪毙了吧。然后，王飞人掏出手枪对准卫梦琪，说让我抄抄数学题，卫梦琪就赶紧把作业本拿给他。

他听吕老师讲，吕老师把自己的火药枪丢到河里了，就说要不咱到河边找找吧，万一能找到一把枪呢。

星期天，我跟王飞人到河边找手枪，找了半天也没找着。这时候河边来了一群人，他们拎来两个大桶，里面盛满了小鲤鱼。原来这条河非常脏，现在有人把河里的污泥都淘干净了，河水变清了，就有人往河里面放鱼玩。

两大桶鱼往河里一倒，河边黑青黑青的都是鱼的脊背，鱼得到自由以后非常高兴，成群结队游圆圈，在水边打着滚。有很多小鱼非常傻，得到自由以后不赶紧往河中间跑，还在河边上探头探脑地吐泡泡玩。我和王飞人用手捉，没有捉着，鱼在河里面不好捉，要是在鱼缸里就非常好捉。

这时候来了一个老头儿，他有点贼头贼脑。大家还不明白怎么回事，他就往河里扔了一个大鱼钩。大家说，这鱼这么小，等长大点再钓。老头儿白了白眼，把大鱼钩拉上来，原来是一块磁铁。这个老头儿在河边找铁，他拿一块很大的磁铁，用一根绳子拴着，扔到河里，然后再拉上来，有时候就能捞到一块铁。

放鱼的人一看老头儿是在捞铁，就说这条河刚刚清理过，河底下干干净净，真是吃饱饭，没事干，就不管他，都回家了。我跟王飞人不回家，看老头儿捞铁。我们觉得捞铁比钓鱼好玩。

这个老头儿一下捞到了一大包铁，打开一看，里面有一支枪，不是小手枪，而是一杆大长枪。

捞铁的老头儿一看捞着了一杆枪，高兴得喜眯眯，他把枪包好就想回家。我跟王飞人劝他说，老爷爷，我们吕老师小时候扔到河里一把小手枪，你再捞一网，没准能捞着。捞铁的老头一听说还有小手枪，就又把磁铁甩出去，一下又捞着了一杆枪，不过还是大枪，没有小手枪，捞铁的老头不死心，把磁铁甩得老远，也没捞着小手枪。

我跟王飞人只好没精打采地回家。

晚上，我正在写作业。听我爸说，哟，快看，有一个老头儿在河里发现了两支枪。我冲出房间，一看，电视里正演老头儿，老头儿站在河边比画着表演如何捞枪，还说本来只捞着一把枪，是听了两个小孩儿的话，才又捞上了一支。

我真想喊，就是听了我的话，才又捞着一杆枪的。话到嘴边又咽到肚子里了，要是我爸听着我又去河边玩，非把我的屁股打十巴掌不可。他让那几个小流氓吓破了胆，严禁我到河边玩。

# 助学

我爸发了一笔小财。

他受我妈的指派，去一个叫牵马的地方给一个叫“泥巴”的小孩送助学的钱。“泥巴”家里很穷，上不起学。其实“泥巴”的学费很便宜，每学期才六十块钱，就是吃一次肯德基的钱。可是“泥巴”家里交不起，就不让“泥巴”上学。

那一天，我爸和我妈带着观看山景的好心情，去“泥巴”家。“泥巴”是一个小男孩，长得很秀气。他见了我爸和我妈不敢抬头，光用一根小棍在地上划沙土，我妈一看见“泥巴”长得这么秀气，上不成学，心里就很难受，就命令我爸替“泥巴”交学费。我爸“一对一”助学已经进行了两年了，每学期按时给“泥巴”交六十元钱的学费。前天，“泥巴”的爸爸打来电话，说不用给“泥巴”交学费了，因为国家有新政策，“泥巴”的学费不用我爸管，让国家管了。

我爸说，国家管真是太好了。每次到“泥巴”家送学费时，“泥巴”的爸爸就要说上一些感激的话，我爸听了心里就很不得劲。他说“泥巴”的学费每次才六十元，不值得一去，干脆寄过去得了。可我妈不愿意，说送过去才心诚，心诚则灵。我爸只好花六十元的路费长途跋涉进入深山，给“泥巴”送六十元学费。我爸每次去送学费时就发誓，等到他发大财了，就在牵马乡盖一个很大的学校，不但不收“泥巴”的学费，还让他来当校长。我说，等我长大了当国家主席，让农村的小孩儿都不用交钱就上学。

现在，我还没当上国家主席，农村的小孩儿就不用交学费了，对我的理想是一种严重的打击，我只好重新构思，等我当上国家主席，就每天给农村里的穷小孩儿发一个炸鸡腿，命令所有的校长都不能给学生布置家庭作业。

我爸的单位听说我爸自愿帮助“泥巴”上学的事以后，馆长感到很不能理解，因为我爸最小气。有一次，馆长看到他在单位摆弄小画书，就借了一本，馆长看过顺手一搁就不知搁到哪里了。我爸去找馆长要，馆长找不到了，我爸就批评馆长一顿，馆长十分气愤。馆长觉得一个十分小气的人能帮助人，很难得，就让一个记者来采访我爸，把我爸吓得假装上厕所逃跑，等记者走了，他只好向馆长老实交代。

原来，我妈十分迷信。我们市里面把一个叫关帝庙的古迹重新修理了一下，里面有一个佛堂，我妈就去找一个老太太算命，老太太说我要想学习好，就得广结善缘，帮助一个上不起学的小孩。

我妈就把这个任务交给了我爸。

我爸的一个同学在牵马乡，他跟“泥巴”的爸爸是好朋友，让我爸帮助“泥巴”，我爸就帮助了“泥巴”，不过帮助的真正目的是为了让我学习好。“泥巴”学习好，我就学习好，“泥巴”不上学，我就学习差，这好像十分荒唐。

馆长听说我爸帮助“泥巴”上学是听了一个算命老婆的话，不是受到他的教育，就很扫兴。他还以为我爸的思想觉悟很高，我爸的思想觉悟高，跟馆长的领导是分不开的，就像我学习好不好，跟吕不凡的教育是分不开的一样。

我爸回到家埋怨我妈，都怨你搞迷信活动，学雷锋办好事还让馆长不高兴，我怎么这么倒霉呀。

我妈已经认“泥巴”当干儿子了。她说什么迷信活动呀，帮助干儿子上学是搞迷信活动？我去问问馆长。说着我妈就要去问馆长。我爸赶紧把我妈拉回来，说算了算了，你说话从来没有把门的，见到馆长不晓得要扯到什么地方，还是老老实实在家里看电视吧。

“泥巴”的爸爸说国家管“泥巴”上学,就不让我爸管“泥巴”上学的事了。因为“泥巴”的爸爸觉得让别人管自己的儿子上学,显得自己很没成色。

我妈非常想管“泥巴”,她说“泥巴”好可怜呀,天天吃得这么差,他的学费国家管了,咱也不能不管,我不能让自己的干儿子受罪。

我爸就奉命去给“泥巴”送点好吃的。我爸送的好东西就是方便面。“泥巴”啥也不爱吃,就爱吃方便面。他不吃鸡、不吃鱼、不吃肉,要是不小心吃了点就想吐,他最爱吃方便面。他们村里面过节时就是相互送方便面,你送我一块,我送你一块,送来送去,自家的一箱方便面就变成一箱各种口味的方便面,然后再吃。

我爸给“泥巴”送完方便面,就下山了。

我爸走得满头大汗,他去山溪里洗脸时,发现了一块黄石头,这块黄石头像一只长角的犀牛,犀牛的肚子上有一块黑石头,像是神犬点点在飞跑。

我爸把这块石头卖了,人家给了他五千元。

我爸说他要是有了钱就给“泥巴”家乡盖一个小学,可真有了钱,他又有点舍不得。说要不把一套他非常想买的《山乡巨变》小画书买了吧,这套画书现在值五千元,要是再过五年,肯定要变成一万元。

我妈一听他又想买小画书,马上把他挣来的钱没收了。说钱是观音菩萨送给“泥巴”上学用的,让我爸替“泥巴”存起来,上初中用。这下“泥巴”可富了,“泥巴”有五千元,我只有五十元钱。不过,等我上初中时,我肯定成了一个画画的大名家,刷刷刷一画,就能值一百万,把我爸想要收藏的小画书全部买回来,我要是犯了错误,我爸再吵我,我就说,再吵,把我给你买的小画书全没收,还敢不敢了,我爸肯定说再也不敢了。

# 灯笼会

我爸说天安门城楼上挂的一个可大可大的大灯笼，让一个可有钱的人花一千万买到手，然后这个可有钱的人，把大灯笼放在仓库里，灯笼坏了也不管。

他把天安门的灯笼弄坏了，会不会把他枪毙喽。

不会枪毙，回头我让他修修就可以了。

我想不出一千万块钱是多少钱，我爸说一千万就是把一百块一张的钱摞可高，摞得到房顶，或者像铺厚被子一样，把家里的地面铺满，你可以在钱上翻跟斗。我说天安门上挂的灯笼一定是用金子做的，我妈说金子最值钱。我爸说天底下值钱的东西多啦，你妈啥也不懂，就知道金子值钱，天安门是国家最高级的地方，在天安门上挂的灯笼有历史意义，懂不懂。

我爸现在变得可会吹牛，比鲁笛子还会吹牛。自从他捡了一块值五千元的石头，说话的口气都变了，好像他成了百万富翁，跟普天下的百万富翁都是哥们儿，要是他真成了百万富翁，肯定变得像吹牛大王。

我也有一个灯笼，是一个黄颜色的小熊灯笼，灯笼的把里装有两节大电池，一开开关，就能照亮，跟手电筒一样。

我有一个坏毛病，就是爱悠东西。我有一个公交卡，就拿着绳子悠，悠来悠去就把公交卡丢了。我有一把门上的钥匙，也拿着绳子悠，悠来悠去就把钥匙丢了。小熊灯笼本来好好的，我在晚上从一楼上到五楼，从五楼下到一楼，帮助小王叔上楼，帮助小臭他妈下楼，因为我们楼洞里的电灯泡都坏了很多年了，也没人修，我给小王叔和小臭他妈带来了光明，他们都表扬我学雷锋，见行动。我一高兴，就悠小熊，谁知小熊头上的电线非常细，一悠就悠断了，小熊灯笼就毁了。我爸说小熊灯笼让我弄毁很正常，要是玩半天还好好的，就非常不正常。

吕老师布置了一篇作文，叫《记一件好人好事》，我们班的人全都记一件好人好事，就是在公交车上给别人让座位，不是给老爷爷让，就是给老婆婆让，连作文最棒的周小雨也写成坐公交车让座位的事，是给一个带小孩儿的阿姨让。

吕老师说，拜托，让记好人好事，不能光写让座一件事呀，别的事也是好人好事呀，周小雨同学虽然写作文用了很多好词，但是记事光写让座，太俗气，没新意，通通不及格，就梅超群同学写得好，为了帮助邻居上楼，把自己的小熊灯笼用坏了，也心甘情愿。

吕老师的评语虽然让我心花怒放，但是有点冤枉周小雨。由于周小雨的作文写得好，一般来说，周小雨写什么事，大家都跟着写什么事，一般情况下都能得到表扬，谁知这次他们跟错人了。幸亏他们有眼无珠，不跟着我写，要不都写给别人照明的事，我肯定轮不上受表扬。

把小熊灯笼弄坏，虽然受到了我爸的挖苦，但是换来了吕老师的表扬，真是太划算了，我爸的挖苦非常常见，吕老师的表扬非常难得。

吕老师说，他小时候家里穷，不是他家里穷，是他们院里的小孩儿都很穷，买不起灯笼，过元宵节的时候，看到别的院里的小孩儿打着灯笼在大街上转悠就非常生气。那时候的灯笼不是塑料的，是纸的，里面有一根小蜡烛，别的小孩儿一面转悠一面唱“灯笼会，灯笼会，灯笼灭了回家睡”。他们很希望别的小孩儿的灯笼灭了，可是灯笼一直不灭，他们就很生气，一生气就干坏事，拿弹弓把人家的灯笼打灭。纸灯笼让弹弓一打就变成了一团火，灯笼变成一团火的小孩儿也很生气，他们就拿“二踢脚”或者一种叫“起火”的炮仗来轰炸。然后，灯笼会就变成了一场群英会，子弹飞舞，玩起了打仗。

我们说，吕老师，吕老师，你是不是也拿弹弓打别人的灯笼了。吕老师说他没有，他狠劝院里的小孩儿别打别打，可是没有用。我们都不信，吕老师最爱说反话，他说没有，肯定是有。吕老师小时候是他们院里的司令，相当于现在周小雨的官职，司令员不下命令，排长和工兵就不敢吭气。吕老师小时候老干坏事，现在却让我们记好人好事，怪不得我们写不好，要是让记一件坏人坏事，肯定能写好，受表扬的肯定是任小贝。

不过，小吕老师干坏事是要受到惩罚的。

有一年，小吕老师他爸破天荒给小吕老师买了一个绿皮的西瓜灯。因为这一年我们市里面的大企业都挣了很多很多钱，就给老百姓发了很多很多钱，大家伙有了钱，就买了很多灯笼，一些大工厂门口摆放了很多很大很大的大灯笼，大家伙都上街看。

小吕老师有了灯笼，他们院里的小孩儿都有了灯笼，大家伙都有了灯笼，就没人打弹弓射灯笼了。可是小吕老师不相信没人用弹弓射灯笼，他才不点着灯笼上大街逛呢，他觉得点着灯笼上大街逛的人和日本鬼子一样笨，说不定什么时候就进入了八路军的埋伏圈，被一枪干掉。

小吕老师等到家里的人和院里的人都上街玩了，就躲在自己家的小厨房里自己点灯笼玩。西瓜灯点着了，散发着淡淡的绿光，很好看。小吕老师就关掉厨房里那盏黑腻腻的电灯泡，把西瓜灯系在小厨房的横梁上。小吕老师够不着横梁，就搬一个小方凳，踩在上面，累了一头汗，终于把西瓜灯系在横梁上了。小吕老师像一个侠客一样从小方凳上纵身而下，没承想，挥起的胳膊把西瓜灯撞了一下，西瓜灯剧烈摆动，里面的蜡烛倒下，西瓜灯就着了，火焰越烧越旺，把房顶也烧着了。小吕老师当场就吓傻了。这时候，他们院里还有一个老爷爷没去大街，他冲进去，看到小厨房里有一个跟司马光砸缸一样大的大水缸，就舀水猛泼，把火救灭了。

小吕老师没看成灯笼会，自己的绿灯笼也烧得只剩下一个小角，老爷爷救火时浇了他一身的水和黑灰，他变成了一个非洲人。

吕老师讲完故事后，说，谁要是干坏事就要受到惩罚，所以，大家都要像雷锋叔叔那样做好人好事，都要向梅超群同学学习，用灯笼为别人照亮路。

下课了，王飞人推了任小贝一掌，说，你要向小妖学习，好好教我练武艺，不能干坏事。任小贝习惯性得转身就想给王飞人一记旋风腿，可是想到不能干坏事，就迅速把腿收回去。不承想，他的武艺还没练到像李小龙一样炉火纯青、收发自如的地步，收得太急了，一下子踢在桌子角上，腿就别筋了。王飞人飞快地逃脱，任小贝追他时一瘸一瘸，像铁拐李。

## 做手工

我们不想上魏老师的英语课，想上吴老师的美术课。

魏老师的英语让人晕头转向，就像听老和尚念经，什么也听不懂。我要是孙悟空就好了，一个筋斗翻十万八千里，找到如来佛祖，说求求你，如来佛祖，让我学会英语吧，让我变成外国人吧，不用学就会英语了。如来佛一念咒，我就成了英国人，变成了魏老师的英语老师，我用真英语跟魏老师对话，魏老师一定跟我们现在的样子一样，眯着迷茫的眼睛说，听不懂，你说的是什么呀。

我们越不想上魏老师的英语课，魏老师就越想上英语课。每天下午放学了，魏老师还不回家，给我们加一堂英语课。

任小贝和王飞人这几天迷上了打乒乓球，去晚了别人就把球桌占上了。任小贝老是急得咬牙切齿打战战，像是憋了一泡尿，恨不得插翅高飞，一口气冲到球案边。

任小贝不想上英语课，想去玩。

王飞人也不想上英语课，他撺掇任小贝，你去把班里的表拨拨，让魏老师早点下课。因为一放学，孙老头就不管打铃了，魏老师看着表，上一堂课的时间，才让我们放学。

吕老师上完课，布置完家庭作业，看我们都记下了，才走出教室。任小贝早就等不及了，他飞快地跳到大胖子鲁笛子身边，把鲁笛子赶开，因为鲁笛子坐在墙边，我们班的表挂在鲁笛子的桌子上方。

任小贝把表摘下来，刚把表针扭动一点，魏老师就进来了。魏老师像福尔摩斯一样对侦破案件有特异功能，魏老师要是到公安局上班，肯定能当上破案专家。

魏老师盯着任小贝说，任小贝，你在干什么?

任小贝吓得一哆嗦，差点从桌子上掉下来。任小贝要是从桌子上掉下来，肯定把补好的牙再摔成两截。不过桌子的面积比果皮箱的面积大很多，任小贝晃了晃，没摔下来。

任小贝急中生智，说，这个表坏了，我想修修。

魏老师问她的得意门生夏天，表坏没坏。夏天不会说谎，一说谎就脸红，心理素质非常差。

夏天支支吾吾，用英语说，NO BROKE（没坏）。

任小贝还没听懂夏天说点啥，魏老师已经揪住他的红领巾，想把他从桌子上揪下来，任小贝抱着表，坐在桌子上赖着不动。鲁笛子非常懒惰，能躺着就不坐着，能坐着就不站着，他只站一会儿就不乐意了。鲁笛子劲可大，把表从任小贝手里接过来，一把就把他抱下了桌，然后一屁股坐回自己的座位，魏老师趁机把任小贝揪出了教室。

任小贝还想反抗，可是红领巾勒住脖子使不上劲，就使劲往后蹭，魏老师就像孙悟空牵着牛魔王的鼻绳一样往前拉，魏老师怕把任小贝勒死了，一松手，任小贝就坐了个屁股蹲。魏老师想回班上课，任小贝抱着她的腿不让她走。正在这时，“鹿”校长来了，看到任小贝胆敢抱魏老师的腿，立马跑了过来，把任小贝批评了一顿，让他写检查，叫家长，还狠表扬魏老师。

魏老师受到校长的表扬，高兴得喜眯眯。任小贝他爸骑着摩托车急如星火地赶到学校，向魏老师低头认罪，魏老师已经像没事人一样恢复正常，对任爸的态度很好，让任爸回家别打孩子，要进行耐心的教育。

任小贝回到家，立即趴在床上，噘起屁股做好挨巴掌的准备。不料，他爸对他的态度很好，像絮嘴老婆一样对任小贝进行耐心的教育。任小贝只好用更大的耐心听他爸的批评。听着听着任小贝就不耐烦了，说你也不是老师，别在这儿烦人了，你还是打我一顿算了。任小贝他爸本来听魏老师的话，压着性子不想打人，听到任小贝的话，立即闭嘴，将任小贝夹在腿窝，把屁股打成红颜色，他们两个人才都松了一口气。

好不容易才盼到上美术课，这一堂课是做手工。

上次手工课是用剪刀剪小红花，我剪了很多，在每一个书本上都贴一朵。我爸傻乎乎地说，不错，梅超群进步了，得了那么多小红花，马上奖励了我十元钱。

这次吴老师教我们捏泥人。

平常我们捏泥塑都是用橡皮泥，花花绿绿的捏出的作品可好看，可是这次吴老师让我们用真泥捏。吴老师带来了一大堆泥巴，这些泥巴是吴老师从一个施工工地里捡的胶泥，还掺了很多棉花，吴老师说加了棉花的泥巴干了以后就不裂开，能保存很长时间。

吴老师把我们带到操场上，一人发了一块泥巴。胶泥质地很像巧克力，油光发亮，要是真的巧克力就好了，我们一边捏一边吃，生活就像花儿一样美好。可是叶如镜竟然嫌脏，她想用自己的橡皮泥捏，吴老师非常好说话，随便她用什么都行。

任小贝就把叶如镜的那一份泥巴要过来，做了一个大碗，任小贝把碗往地上一摔，碗就发出了一声巨响，上面就爆开了花，泥点点溅得到处都是。我们受到启发，一个人做了一个碗，操场上就像过年一样热闹，吴老师也不管，我们想捏什么就捏什么，要是上学天天玩泥巴就好了。

任小贝对魏老师有深仇大恨,他捏一个魏老师揪着他的红领巾向他跪地求饶,脸上还用小棍戳了很多麻子。

吴老师看见了,非常惊讶,他一下就把任小贝捏的报仇雪恨小人拿在手里仔细看。任小贝做贼心虚,想把小人团成泥团已经来不及了,只好摆出低头认罪的姿势听吴老师训斥。

吴老师根本就没看任小贝,而是蹲在地上,团一大块泥,改任小贝的泥人。他在魏老师跪着的腿下面捏了一个床,给这个泥塑起了个名字叫《母爱》。

吴老师举着任小贝的作品跟我们讲,看任小贝捏的泥人,表现的是任小贝穿好衣服要起床的时候,他妈妈在床上给他戴红领巾,把母子之间真挚的感情捏出来了。还说任小贝的构思非常巧妙,他准备收藏,等到市里面办展览时拿出来,要是得了奖牌,就发给任小贝。

## 饥饿

我爸不要我了,准备把我送给泥巴的爸爸当儿子。

我爸不要我的直接原因就是我不爱吃饭。

我妈每天给我做很多菜,可我就是不爱吃。每到吃饭的时候,我妈就往我碗里放许多菜,我光吃白米饭,把菜摆在饭上当样子,光看不吃,我妈就逼着我吃,她越逼我越不想吃,等到吃最后一口的时候,我咬紧牙关,把菜都含在嘴里,腮帮子鼓得老高,然后趁她不注意,悄悄地吐在垃圾篓里。

有一天，我刚把菜吐在垃圾篓里，抬头一看，我爸在我后面像特务一样站着，皮笑肉不笑地盯着我，比魏老师还可怕，把我快吓死了。

我妈跟我研究菜谱。她拿着一本带彩色图案的书，让我选一样。我选了一样往莲菜的洞洞里塞瘦肉馅儿，然后再炸的菜，我妈好不容易做好了，我只吃了一个就不吃了，因为这个菜光好玩，不好吃。我妈大怒，再也没心情给我变花样了。

星期天，上我爷爷家里吃饭，我爷买了一只大公鸡炖了一大盆。给我盛了一大碗，我瞅着漂着黄油花的鸡汤发愣，真是难以下咽。我爸就说，这碗鸡肉你必须得吃了，为了买这只正宗的绿色农家鸡，你爷坐公共汽车跑了二十里路，你要是不吃的话，你爷爷多伤心呀。我爸自吹非常孝顺，孝顺我爷非常容易，就是给我爷拍马屁，称赞我爷做的菜好吃，并且吃得甜美无比，就成孝顺的儿子了。

我讲条件，说我不吃鸡皮，我爸就把鸡皮给我吃了，我说我爷往鸡汤里放香菜太多了，我不想喝鸡汤，我爸就把鸡汤上面漂的绿香菜都给我喝了。我知道他想让我跟他一块孝顺我爷，可我真的不想吃这碗炖的鸡肉，我光爱吃德克士里面的炸鸡，不想吃炖的鸡。

我奶就开始教育我，我受教育地点最多的是教室，第二多的就是在饭桌上。

我奶说有一年，发生了自然灾害。我问什么是自然灾害。我奶说就是不知道什么原因，自然而然地发生了灾害。自然灾害一发生，就没吃的东西了。别说是鸡肉了，就连鸡吃的糠也没有了，好多人饿得很了，就变得很胖，不过这种胖是假装的胖，皮下面都是水，就像现在的注水猪肉，用手指头一按一个坑。

当时把人饿得呀，逮着什么吃什么。我三姨奶吃过羊屎蛋。羊屎蛋是黑颜色的小球球，很像朱古力豆，我三姨奶那个时候只有两岁，等到大人发现的时候，她已经吃了很多羊屎蛋，满嘴角流黑汁。我三姨奶现在在北京自己开了一家设计院，把自己设计得华丽无比，衣服非常时尚，每次回来都给我带一大堆好吃的，没想到呀没想到，她这样一个惊艳四方的大老板，小时候还吃过羊屎蛋。我二姨奶饿得当过小偷。她本来不是小偷，是往农村的田野里挖野菜，挖了半天也没有挖着，原来城里住的人都很饿，都来挖野菜，野菜都让人挖没了。我二姨奶没有挖着野菜，就偷了人家一个茄子。她本来不敢偷人家的茄子，可是太饿了，就冲着茄子树上长着的茄子咬了一大口，她看着被她咬了一大口的茄子不好看，就摘下来放在自己的篮子里。她刚把茄子偷到篮子里，就被人发现了，人家放出了一只黑狗咬小偷，把我二姨奶吓得飞跑，跑得跟刘翔那么快，把一只鞋也跑丢了，也没跑过那只黑狗，让黑狗在小腿肚上咬了一大口，流了很多鲜血。

我问我奶，那你当没当过小偷。

我奶说她没当过小偷，她还要上学。她上学的时候没有表，她奶奶会看星星，看着星星就能判断出时间。有一天天上没有出现星星，就把时间估计错了，我奶早起两点钟就去上学，学校不开门，她就在学校门口又睡了一大觉。

我奶没当过小偷，她被人家抢过。我被人抢走的是一辆小粉车，我奶被人抢走的是一个油馍头。

我奶有五分钱，她买了一个油馍头，油馍头就是一个像小孩儿拳头那么大的油条。她闻着油馍头的香味不舍得吃，想多闻闻味道再慢慢享用，不承想有一个抢大街的人，一下就把她的油馍头给抢走了。抢大街的人都是要饭的，他们把吃的东西抢到手就飞快地往上面吐一口口水，一面被人狠打，一面吃抢到的食物。

我奶那时候是一个小孩儿，她也不敢打抢大街的人，哭了半天，也没吃着油馍头。

我奶教育了我半天，我还是不想吃那碗鸡肉。我爸说不行，得让你吃点苦，咱家里也不是百万富翁，你倒像个小少爷，干脆把你送到泥巴家里住，你就知道鸡肉好吃了。

我非常愿意到泥巴家里住。泥巴在家都不吃肉，也不吃鸡，他家里的人也不嚷他,他想吃多少饭就吃多少饭,非常自由。

泥巴家的饭真的是很好吃。泥巴的妈妈用一个非常大的大铁锅煮了一大盆玉米,还蒸一大堆像大砖头一样大的馒头,馒头有点黑,但是非常香。我和我爸一人吃了一个大馒头,啃了半穗玉米,我爸吃了一个大馒头以后就走了,他不要我了,我就自己住在泥巴家。

泥巴家住在大山里。大山里的生活真是太好了。

泥巴有三只小山羊,我跟泥巴去放羊。小山羊在石头路上跑得非常快,我追不上,泥巴就朝小山羊前面扔一块石子,小山羊就慢跑。小山羊自己会找草吃,不用管它们。泥巴就爬到树上给我摘山里红。大山上有很多山里红,山里红树谁家的也不是,可以随便吃。我和泥巴吃山里红都不洗,在衣服上擦擦就算洗过了。

泥巴家门口有一条小溪,小溪里布满了石头,有像房子那么大的大石头,还有像拳头那么大的小石头。泥巴说石头缝里有螃蟹。我就跟他去摸,摸螃蟹要轻轻地翻开石头,闭着眼睛一摸,就摸着了。

我一开始不敢摸,怕螃蟹的老虎钳夹着手。泥巴把他抓着的一个螃蟹硬塞到我手里,让我使劲握着,螃蟹的手不能动,就夹不着人了。

我和泥巴捉了一大碗螃蟹。我本来想把螃蟹养起来,回城后送给任小贝。任小贝养的那条小鲤鱼挨了王飞人一枪后,没过几天就死了。螃蟹有硬壳,就像穿上一件防弹背心,王飞人就是向它连射三发子弹,也打不死它。

等我和泥巴放羊回家,那碗螃蟹已经让泥巴他妈放在大铁锅里烤成红色的螃蟹干了。泥巴妈妈烤的螃蟹很好吃,比我爷烧的大虾还好吃,里面的肉只有一点点,越嚼越香,不由自主地就咽到肚子里去,根本就不想吐出来。

我正在大山里玩得高兴,我爸和我妈就来找我了。我知道他俩舍不得我,把我送给泥巴家是假装的。

泥巴的妈妈实心实意地想让我再住几天,可我爸说不行,我爷怕我掉到大山的悬崖下面摔死,天天催着让我回家。

我们要走了。泥巴的妈妈非要杀死一只芦花鸡请我们吃。我爸说千万别杀，杀了也白杀，这小子不吃鸡。可泥巴的妈妈趁我们没注意，还是把芦花鸡杀了。

泥巴妈妈做的鸡是跟山蘑菇一起炖的，黑乎乎的，虽然不好看，但是非常好吃。我吃了很多。泥巴本来不吃鸡，看我吃了，他也吃，我俩比赛吃，把鸡汤也喝光了。

在回家的路上，我爸坏笑着问我，怎么样，这里是不是很苦，把人家的鸡汤都喝光了，还用不用再住几天。

我非常高兴地说，行行行，咱们就再住几天吧。

我爸说想得美，赶快回家。他对我的饥饿教育又一次失败了。

## 丁字路口

我们学校门前有一条绿色通道。

绿色通道不是一条绿色的路，就是一个老警察和一个铁牌。老警察很老很老，头发都白了，他在我们学校门前立一个绿色通道的铁牌，他就站在铁牌旁边，等我们上学或者放学的时候，领着我们过马路。

我们过马路的时候，就自动站在警察爷爷旁边，老警察认识我们所有的小学生，他叫出的人名比校长还多，每天都张开手臂，像一只展开翅膀的老母鸡，保护着一大群小鸡崽，从车流里穿过。

过马路是一件危险的事。要是一个人跟汽车撞在一起，那个人就会口吐鲜血，头一歪，就死了。

老警察是我的救命恩人。

有一天，我的小粉车还没被人抢走，我骑着小粉车从学校里冲出来。学校门前的路是一个下坡，学校规定出校门时要推着走，但是这一天，王飞人跟我闹，把我的自行车钥匙抢走，我追了他老远才追上，又在操场里练了会儿摔跤，才把钥匙抢回来。

我刚骑上车，王飞人用手拉着我的后车架，不让我走，我蹬了几下，车子在原地不动，就从车上摔了下来，弄了满脸灰，惹得几个女生眉开眼笑。王飞人扭头就跑，我为了找回面子，骑上自行车去撞王飞人的屁股，王飞人慌乱中脚绊在路沿石上，摔了一个结实的跟头。

我骑车逃跑。

这时候王飞人的胳膊擦破了一层皮，渗出了三粒小血珠，他正抱着胳膊肘，悄悄地蹲在一丛花的后面，痛得龇牙咧嘴抹眼泪，根本就没追我。

我骑着自行车冲出了校门，把门的孙老头没看清我的模样，就喊，哪个班的，出门不下车，给我站住。

我不敢停车，飞快骑，冲向丁字路口。

这时候，有一辆摩托车，飞一般地开过来，驾驶员看到我突然出现在路上，吓慌了，直着就向我撞去。这时候，老警察冲过来，猛推了我一把，结果，我摔在后面推自行车的同学身上，平安无事，摩托车把老警察刚了一下，老警察后脑勺磕在地上，幸亏警察大檐帽的后圈垫了一下，才没把头磕流血。

我吓得发呆，很多的人围上来看热闹。

老警察像一只受伤的鹤，自己站起来。他捡起帽子，掸了掸灰，摸着我的脑瓜说，你这个小妖，干吗骑这么快，爷爷给你们讲的故事都忘了吗？

警察爷爷给我们讲过许多故事，还给我们放过电影。我记得有一个小姑娘让车把腿轧没了，她每天坐在一个篮球上走路，磨坏了好几个篮球。他说在大街上踢足球、滑滑板、打闹玩都很危险，还让我们耐心地等汽车过完再过马路。我们过马路时往往觉得汽车一辆一辆不停过，好像过不完，总想往前面挤，其实耐心地等，总能过完一拨儿，等我们过完马路，另一拨儿才出现。

看完电影，我们还写过作文。我觉得作文是作文，只要把句子写漂亮就能得高分，没想到呀没想到，作文里要遵守交通规则的话，光写写是不算数的，非得要遵守。

这时候，过来了一辆警车，下来两个警察。里面有一个叫大海的是我的邻居。大海叔叔说，梅超群，你今天要是让车撞了，不但你妈要掉一大碗眼泪，我们老班长负责路口没事故的纪录，也让你破坏了，走，跟我去警察爷爷家，跟他一块过生日。

大海叔叔在警车里，给我爸打了一个电话，等学生放完学，就拉着我们去老警察家。

今天，是警察爷爷六十岁的生日。每到警察爷爷过生日，大海叔叔就要给警察爷爷送一个生日蛋糕。因为大海叔叔是队长，当队长的必须要给队员送生日蛋糕。过了这个生日，警察爷爷就该退休了。大海叔叔告诉我，其实警察爷爷有很严重的肺病，交通警察年纪一大都有肺病，因为站在马路上要吸到肚子里很多土。警察爷爷在家里养病时，起不来床，输液也治不好，可是只要是往路口一站，拉着我们的小手过马路，就浑身是劲，病也减轻了。

这可是真奇怪。教我美术的吴老师就是该退休的时候不退休，拉我过马路的警察爷爷也是该退休的时候不退休。肯定是我有特异功能，他们一看到我，就充上了电，把身体里的病毒电没了，就变得精十足神气。

下午上学的时候，王飞人很幸灾乐祸，说小妖小妖，你是不是让警察抓走了，给你戴上手铐了没有。

我说没有戴手铐，只是去警察爷爷家里面吃了一大块生日蛋糕。他们都不相信我的话，跑过去找警察爷爷调查以后，才相信。

吕老师听说警察爷爷要退休的事，马上向“鹿”校长报告。

过了几天，我们学校开了一个全校师生都参加的感恩会。周小雨在会上代表全校师生发言，因为周小雨不但作文写得好，而且还是少先队的大队委员。

周小雨的发言稿里还有我的名字呢。

因为警察爷爷是我的救命恩人，我走上主席台，向警察爷爷赠送了一大束鲜花，还领唱一首歌叫《感恩的心》，我们全校师生一起唱，声音很大，把警察爷爷都唱哭了。

感恩会结束了。

鲁笛子非常不满意，他说小妖五音不全，还让他领唱，学校里放着一个现成的大歌星不用，“鹿”校长真是有眼无珠。

王飞人伤心地说，唉，要是小妖追我的时候不朝花园里跑，往学校门口跑就好了，我的胳膊也没摔伤，让警察爷爷救我一命，没准上台献花的人就是我了。

又过了几天，警察爷爷退休了，绿色通道上站着一个英俊的年轻警察。不过警察爷爷还是经常出现，他不穿警服，戴着一个红袖章，高高兴兴地拉着我们过马路，让我们平安地走进学校，又走出学校。

## 人蚊之战

我是一只飞蚂蚁，飞蚂蚁，所向无敌。

我是一只飞蚂蚁，飞蚂蚁，所向无敌。

我站在泥巴他们家对面的大山上，迎着清凉的山风，大声歌唱。

站在大山上高声唱歌非常爽，我爸说武林高手都是在大山里练成的。有一个华山派的老道士天天在大山顶上练气功，他能踩着悬崖上长着的松树走走走，一点也不害怕，很可能会飞檐走壁，比吕老邪的武艺高得多。

我站在大山顶上，变成了一名剑仙。我穿着红色的大斗篷，抽出一把宝剑，往天空上一指，一道金光闪过，就长出了两只翅膀，一下就飞到泥巴他们家门口的大梨树上。

泥巴他们家对面是一座像大斧削过一样陡峭的悬崖绝壁，山谷下面深不可测，只有鸟儿能飞过，人根本过不去，人要是想过去，就得爬过别的山绕路走，走一个星期才能走过去。泥巴非常眼气，说带我上对面大山上玩。我说不行不行，你是凡人，带不动你。你想想，孙悟空去西天取经其实一个跟头就翻到如来佛祖的跟前，取经根本不费劲，就是唐僧是一个凡人，带不动，才走了很长很长时间。

泥巴到城里玩，他告诉我，在他家对面的大山上，发现了一种杀人的蚂蚁。这种蚂蚁非常厉害，遇到动物就发起集团冲锋，把动物咬死，吃得只剩下一架白骨。幸亏泥巴家离对面的大山隔着一条深不可测的山谷，蚂蚁攻击不过来，要不泥巴就让蚂蚁吃了，我去泥巴家玩，也让蚂蚁给吃了，想想真是后怕。

有一个大人，他家里也有羊，比泥巴家里的羊多。有一天，他家的羊跑到大山顶上，让蚂蚁吃了。那个大人去找羊，就遇上了吃人的蚂蚁，吃人的蚂蚁只要一咬人，人就像中了“五毒教”的毒镖，浑身发软，只能让蚂蚁吃。

幸亏那个大人反应非常快，他只让一只蚂蚁咬了一口，就赶紧把爬到腿上的其他蚂蚁打下来，飞快地逃跑，他要是让五个蚂蚁各咬一口，被咬五口，就会中毒，浑身发软，乖乖地让蚂蚁吃。由于蚂蚁集团冲锋没有发动，追不上那个大人，就没吃成人。

我要真是一只飞蚂蚁就好了。

吕不凡再偏心眼，表扬鲁笛子，不表扬我，我就飞到他的头发上，等到他跟他的女朋友含情脉脉，情意绵绵地互相观看时，就飞到他的眼睛里。吕不凡的眼睛里如果有一只蚂蚁，肯定看不成女朋友，只能看着我，而且还得流眼泪。吕不凡的女朋友刚开始，还以为吕不凡看她看得发呆，感动得哭了，后来才知道是眼里飞进去了一只蚂蚁，马上给他一个大白眼，不搭理他。

我爸如果光知道整理小画书，不跟我打扑克牌，我就要治他。我打扑克的技术是有点不太高明，不知道哪一个牌大，哪一个牌小，我爸出一张牌，我就胡乱出一张牌，我爸出一大堆牌，我就跟着胡乱出一大堆牌，而且在我爸牌没出完以前，抢先把一大堆牌扔到牌堆里，就赢了。这个过程要持续好长时间，我玩得高兴，打一把又一把，没完没了，我爸往往失去耐心，不跟我玩。

要是我爸再不跟我打扑克，我就在他打开电脑，把小画书的目录编到一块的时候，飞到电脑里，电脑立马死机，黑屏，打不开，我爸白忙活半天，活该，谁让他不肯跟我玩。

叶如镜如果再胆敢跟我作对，揪我的耳朵，晃我的头，我就趁魏老师上英语课的时候，飞到她的胳肢窝里，搔她的痒痒，叶如镜最怕痒，如果你装作要胳肢她，还没胳肢，她就笑得喘不过气，乖乖地跪地求饶。

魏老师正在上英语课，叶如镜就浑身乱动，捂着嘴忍不住笑出声。魏老师一开始还以为哪一点讲错了，后来发现没讲错，叶如镜在胡乱笑，就拍桌子打椅子，狠吵叶如镜一大顿，叶如镜委屈地哭了，我再一胳肢她，就又笑了，她一会儿哭，一会儿笑，大家都认为她得了神经病。

自从我当上蚂蚁大仙以后，我们家里面就出现了很多真蚂蚁。真蚂蚁不是吃人的蚂蚁，就是一般的小蚂蚁。小蚂蚁爬到我家的炉台上，饭桌上，逮着什么吃什么。我爸买回来一只烧鸡，他想等我妈回来一起享用，谁知道爬满了蚂蚁，我妈一见，恶心得想吐，立马把烧鸡连蚂蚁一起扔了。蚂蚁在垃圾箱里美美地吃了一大顿。

我妈飞跑到药店，买了一大罐灭害灵，杀害了一大堆蚂蚁。谁知道第二天，蚂蚁又冲了过来，还爬到我妈的枕头上，把我妈吓得立即带着我回娘家，让我爸自己在家里单独和蚂蚁作战。

我爸对付蚂蚁比较有经验，他蹲在地上，观看了两天，发现了蚂蚁的进攻路线，蚂蚁的进攻路线就是沿着下水道管爬，爬进我家安装空调的管管与墙壁的缝隙里，就进来了。

我爸立即把空调与墙壁的缝隙用胶水堵住了。他请我和我妈回来，说蚂蚁已经被他统统地剿灭。

我妈回来打开门一看，看到地上还有很多蚂蚁，吓得掉头就跑。我妈要是遇到杀人的蚂蚁肯定比那个找羊的人反应还快，逃跑的技术是一流的。

我站在蚂蚁山上，大声唱，我不想当飞蚂蚁，不当飞蚂蚁。我身上的翅膀就不见了。我只好非常辛苦地走着下山。

等我回到家，我家里的蚂蚁就没有了。

我爸非常得意地对我妈说，老婆，瞧瞧我，通过细心的侦察，把蚂蚁来的通道都堵死了，蚂蚁就不来了。你知不知道蚂蚁记路，它们要是走哪条路，就一直走，你非得把它们所有的通道都堵住，它们才不来。

我妈非常佩服我爸，在他的脸上亲了一大口。她不知道蚂蚁大仙就在她身后面站着呢。我要是再一发威，蚂蚁冲进我家，那真是小菜一碟，天底下没有谁能堵住蚂蚁的通道，我爸也不能。蚂蚁是足球队里的自由人，想从什么地方冲过来就从什么地方冲过来，一点也不含糊，因为蚂蚁个头小，所以本领高。

## 探亲访友

我爷领我回湖南老家探亲访友。

我们老家的山都是很低的山，一高一低，一高一低，没有泥巴家的山高大威武。这种山的大名叫丘陵，为什么不叫山叫丘陵，我也不知道，我问我爷，我爷说这种山就是叫丘陵，为什么不叫山叫丘陵，他也不知道。我和我爷下了火车，坐上一辆出租三轮车，顺着山道上的丘陵跑了半天，才到了老家的小山村。

我老家有很多亲戚，他们站在村口一个大水塘前面迎接我们，他们迎接我们的时候放了一挂很长的鞭炮，像是结婚一样。我跟我爷只不过是来看看，又不是结婚，但是他们还是放了一大挂鞭炮，吓了我一大跳。

我姑奶奶拉着我，先让我喝了一小碗水，水里面放了一小撮土，真是太不讲卫生了。但是姑奶奶说要是不喝这一碗有土的水，我吃饭以后就会拉肚子。这可是非常奇怪，我要喝了有土的水不拉肚子才怪呢，但是他们非得让我喝，我只好喝了。

然后，我就得到了一碗有红枣有煮鸡蛋的糖水，里面没有土，这还差不多。

大人们坐在一起说话，我也听不懂。这时候有一个叫赚妹子的小女孩儿来找我玩。赚妹子她爸光想要儿子，不承想赚妹子她妈生出了个女娃，就说生一个就赚一个，就给她起了这个奇怪的名字。赚妹子梳了个小辫，两只眼睛细细的，怪好看，就是说话怪里怪气，不过柔柔的，还怪好听。

我们去后山上的竹林里玩。竹林里很凉快，怪不得熊猫愿意在竹林里面吃饭呢。赚妹子比较精，她看见桌子上放着许多菱角，就抓了很多，菱角的壳黑黑的，里面有白颜色的仁，菱角的壳很硬，用手掰不开，赚妹子牙很硬，一下就把壳咬破了。我跟赚妹子吃完菱角，就用菱角的壳挖土玩。后来我们发现了一只很胖的竹笋，正想把它挖出来，听到村子里有很多人在跑，还有一只猪在号叫。赚妹子顾不得喊我，飞快地去看热闹，我也顾不得问她，飞快地跟着她跑。

大人们紧紧追赶一只猪，要杀它。猪吓得玩命地逃跑，滚了满身泥，我三叔爷非常有劲，他飞步上前，捉住了猪的后腿，一扯，猪就摔倒了。猪摔倒了就完蛋了，因为后面有好几个大人使劲地摁住它，猪不能反抗，就让人捉到一个长板凳上，一个人用刀在胸口扎了一刀，猪大声叫也没用，血流成河，整整流了一大盆血，猪就惨烈地失去了自己的生命。

然后，在院子里摆满了大桌子，坐满了人，全村的人都来了。因为这个村子很小，全村只有十来户人家。他们吃饭就是往桌子上放一个很大很大的碗，碗里有一块很大很大的肉，肉很肥，根本不能吃，他们就把肉各人带回各人家，再慢慢享用。然后往桌子上放一个很大很大的碗，碗里有一条很大很大的鱼，大家就把鱼吃了。然后再往桌子上放一个很大很大的碗，碗里有许多用烟熏黑的鱼块，大家就把鱼块都吃了。我们老家吃饭桌子上只放一碗菜，吃不完就瓜分了，等到吃到最后，桌子上什么也没有了，村里的人一人捧一个装满菜的碗，高高兴兴地回家。我家的人也很高兴，来吃饭就是给面子，要是做好饭没人吃，就很没面子。怪不得在家里的时候，我爸天天夸我爷做的饭好吃，我要是不吃我爷做的饭，就是不给我爷面子，大家都很生气呢。

后来，我们全家有很多的人一起去爬山，爬了一山又一山，走了很长时间，来到一个坟墓前面，这是我们老祖先的坟墓，我抗日英雄太爷爷就埋在里面。我太爷爷墓上有许多黄草，我老家的草很多很多，漫山遍野都是草，我三叔爷把草点着了，轰的一声，火着得很旺，烧得到处都是，幸亏我三叔爷扛着一把大铁锨，赶快把火扑灭。

等到我最后在墓前面磕了个头，就回家了。

我跟爷探亲访友的过程就是这些。

我们回家的时候，村里的人都来送我们。赚妹子也跟着跑过来，赚妹子给了我一个能吹响的牛角号，我给赚妹子一个玉石观音。

我抱着牛角号跟我爷坐着三轮车回去了。

我爷回头跟他们招招手，眼睛红红的，掉下了眼泪。

我头一回看着我爷哭。

我给我爷擦擦眼泪，说爷爷别哭了，等我当上了大名家，挣很多很多钱，给你在这里盖一个大别墅，你想住多长时间，就住多长时间。

我爷紧紧地搂着我，不哭了。

再回头一看，小山村不见了。原来我们过了一道丘陵，我们过了一道丘陵，小山村就隐藏在丘陵的后面了。